贾祖璋

科普大师经典馆

U0609046

花与文学

贾祖璋 著

中国国际广播出版社

目录

一树独先天下春

王象晋《群芳谱》曾以"荔枝无好花，牡丹无美实"为遗憾，的确这是植物界的一个普遍现象。除了每种植物的花和果实都有特定的形态构造以外，一株植物，营养物质有限，用来滋养艳丽巨大的花朵，就难以再生鲜美肥硕的果实；反之，丰于果实，就只能啬于花朵。不过，普遍之中，也会有特殊，如梅、杏、桃、李等便是既有好花，又有美实，两者兼具。而且都是我国原产的名花和名果，尤其值得重视。

这里单说冰清玉洁，香幽粉艳，"万花敢向雪中出，一树独先天下春"的梅花。

现在四川大渡河上游丹巴县的山谷地带，雅砻江下游会理县的山间台地，川鄂边界的山岳地带，以及广西兴安山区的沟谷间，都有野生梅树。《诗经·秦风》："终南何有？有条有梅。"陶弘景《名医别录》：梅"生汉中川谷。"可见古代梅也野生于秦岭南北。

《诗经》还记载栽培的梅，如：

摽（biào，落下）有梅……顷筐塈（jì，取）之。

（《召南》）

山有佳卉，侯栗侯梅。

（《小雅》）

墓门有梅，有鸮萃止。

（《陈风》）

鸤鸠在桑，其子在梅。

（《曹风》）

从陕西到山东的黄河流域都栽培梅树。

《夏小正》："正月梅杏柂桃则华。""五月煮梅。"《夏小正》可能是春秋时期杞国的文献，为孔子所称道。它保存了夏代的一些风俗习惯。"则华（花）"记载梅的物候，"煮梅"指出梅的用途。这样，梅的栽培和食用的历史，或许可以追溯到周代以前。

《左传》："和如羹焉，水火醯（xī）醢（hǎi）盐梅，以烹鱼肉。""醯醢"是醋和酱，把梅与醋、酱、盐并列，可见当时梅是作调味品用的。

尽人皆知的曹操"望梅止渴"的故事，是关于梅子生食的较早的记载。《齐民要术》引《诗义疏》："梅，杏类也，树及叶皆如杏而黑耳。实赤于杏而酢，亦可生啖也。煮而曝干为蔗（sū），置羹臛（huò，肉羹）齑（jì，细末）中，又可含以香口；亦蜜藏而食。"除了作调味品外，生食和制作蜜饯，与现代相同。又制成乌梅和白梅供药用，作下气除热安心药，也早有记载。

30年代我写过一篇关于梅的文章，收入《生物素描》。说到我国古代只重视梅子的实用价值，后来注意到它的花朵，最后才推崇梅花高洁耐寒的性格。自认这样看法，他人没有说过。不久前，读到杨万里《和梅诗序》，才知道他早已这样说了。他认为梅最初记载于《神农本草经》《诗经》等典籍，都是只说梅实，不提梅花。《离骚》列举各种香草瑞木，也遗漏了梅花。到六朝，梅才以花著名；

经过唐宋，梅便居于桃、李、兰、蕙的首位。以下，再就他的意见，补充阐发一下。

《说苑》记载越国使者赠送梁王一枝梅花，大概当时中原一带梅花还是稀有之物，所以会千里迢迢，带去作为礼品。晋代陆凯从南方折一枝梅花，托人带到长安送给至友范晔并附诗一首：

> 折梅逢驿使，寄与陇头人。
>
> 江南无所有，聊赠一枝春。

这是较早的重视梅花的两个故事。

梁何逊在扬州，官舍有一株梅树，他常在树下欣赏吟咏。后来在洛阳，又想起梅花，便再去扬州，正逢梅花盛开，竟终日看花不止。何逊是一位喜爱梅花的诗人，所以杜甫诗云："东阁官梅动诗兴，还如何逊在扬州。"

但是，从晋代到六朝，诗人歌咏梅花，大部分还只是慨叹梅花的易于飘落：

> 东风吹梅畏落尽，贱妾为此敛蛾眉。
>
> （梁简文帝萧纲《梅花赋》）
>
> 可惜阶下梅，飘荡逐风回。
>
> （鲍泉《咏梅花》）
>
> 可怜芬芳临玉台，朝攀晚折还复开。
>
> 长安少年多轻薄，两两常唱《梅花落》。
>
> （陈江总《梅花落》）
>
> 对户一株梅，新花落故栽……倡家怨思妾，楼上独徘徊。
>
> （徐陵《梅花》）

梅花飘荡，任人朝攀晚折，与轻薄少年为伍，只能引起贱妾倡家的愁思。足见当时对梅花的评价，还是很一般的。

唐代是从轻视梅花到重视梅花的过渡时期。

馨香虽尚尔，飘荡谁复知？

（张九龄《庭梅咏》）

欲为万里赠，杳杳山水隔。寒英坐消落，何用慰远客？

（柳宗元《早梅》）

自爱新梅好，行寻一径斜。

（张籍《梅溪》）

涧梅寒正发，莫信笛中吹。素艳雪凝树，清香风满枝。

（许浑《看早梅》）

万木冻欲折，孤根暖独回。前村深雪里，昨夜一枝开。

（释齐己《早梅》）

从飘荡消落转变为不"信笛中吹"，进而推崇它的素艳清香，突出它的耐寒习性，对梅花的看法逐渐向宋代人的思想靠近。

与陶渊明爱菊一样，宋代出了一位隐居孤山种梅养鹤、号称"梅妻鹤子"的林逋，物以人贵，孤山梅花就为人所称道。林逋的梅花诗，又多名句传诵于世：

疏影横斜水清浅，暗香浮动月黄昏。霜禽欲下先偷眼，粉蝶如知合断魂。

（《山园小梅》）

小园烟景正凄迷，阵阵寒香压麝脐。

池水倒窥疏影动，屋檐斜入一枝低。

（《梅花》）

从林逋以后，人们常把梅花比喻为高人逸士，如说"雪满山中高士卧，月明林下美人来"等。宋代其他诗人，对梅花也极为推崇，如：

冷香疑到骨，琼艳几堪餐……赠春无限意，和雪不知寒。

（王珪《梅花》）

罗浮山下梅花村，玉雪为骨冰为魂。

纷纷初疑月挂树，耿耿独与参横昏。

（苏轼《再用"松风亭下梅花盛开"韵》）

到了南宋，诗人范成大著《范村梅谱》，称梅为"天下尤物"，说经营园林，首先要种梅树，愈多愈好，其他花木，无关轻重，把梅提高到一个特殊的地位。

同时，梅花就成为文学的重要题材，有关梅花的各种诗文，除了散见于各家的诗文集中以外，更有人把咏梅诗选成总集，如前述杨万里《和梅诗序》说，那位和梅诗作者陈晞颜搜集到的原作有800篇之多，而且早在北宋已有总集《梅苑》，后来又有《梅花鼓吹》等多种。另有几种《梅花百咏》，则是个人咏梅诗的专集。值得一提的是明代名臣于谦，也有一本《梅花百咏》，他是借用高洁清远的梅花精神来抒发自己忠贞刚毅的性格的吧。史可法殉国后，扬州梅花岭上给他筑了一座衣冠冢，增添后人凭吊景仰的情怀。

梅花在国画的花鸟画中占有重要位置。宋代著名画家赵昌的《四喜图》，就画有雪后梅花。明代起流行的梅、兰、竹、菊四君子图，便以梅为首。各种画谱都讲到画梅。另有画梅专著，如《梅花喜神谱》，南宋宋伯仁撰，共二卷，上卷分蓓蕾、小蕊、大蕊、欲开、大开5类；下卷分烂漫、欲谢、就实3类。图100幅，每幅图都附五言绝句一首。明代有刘雪湖《梅谱》，汪懋孝《梅史》，也都是画谱。

成片梅林，缤纷开万树，如苏州邓尉，无锡梅园，杭州西溪，武昌梅岭，都是赏梅胜地。花雪相映，冰清玉洁，幽香淡淡，弥漫空际，因而被称为"香雪海"。

古人还特别重视古梅，《范村梅谱》说：古梅会稽最多，四明、吴兴偶然也有。"其枝樛（jiū，向下弯曲）曲万状，苍藓鳞皴（cūn，开裂），封满花身。又有苔须垂于枝间，或长数寸，风至，绿丝飘飘可玩。"苔须就是地衣类的松萝。陆游《古梅》诗说：

梅花吐幽香，百卉皆可屏；一朝见古梅，梅亦坠凡境。

梅花散发淡淡的芳香，别种花木全都可以不要；如果能有古梅，那么作为尤物的一般梅树也不足道了。陆游比范成大更加推崇古梅。

范成大记载了成都的卧梅，号称梅龙，相传是唐代种植的。还有清江酒家一枝遮阴几间屋子的大梅树。现在浙江台州国清寺有一株隋梅，树干已经半枯，但依然枝繁叶茂，花覆半庭，当时范成大大概不知道。

范成大还移植古梅，观察藓苔生长情况。他说："余尝从会稽移植十本，一年后花虽盛发，苔皆剥落殆尽。其自湖之武康所得者，即不变移。"他认为会稽距范村远，湖州距离近，原产地土宜不同，所以薛苔一落一不落。他的措施和结论是否完全正确，无法论述，但存心对照比较，暗合科学实验精神，是可贵的。

《范村梅谱·后序》说："梅以韵胜，以格高，故以横斜疏瘦与老枝怪奇者为贵。"把古梅的神韵，作为欣赏的准绳。又说："近世始画墨梅，江西有杨补之（无咎）者尤有名。……观杨氏画，大略皆气条耳。虽笔法奇峭，去梅实远。"这又要求画梅必须表现古梅的神韵。

范氏贬低的"气条"是什么呢？他说，新嫁接的幼树，往往抽生直上的嫩枝，长达三、四尺，"吴下谓之气条，……无所谓韵与格矣"。还有一种"短横枝，状如棘针"，花朵密缀，"亦非高品"。这"气条"便是现在果树园艺学上所说的"徒长枝"，短横枝则是结果枝中的"短果枝"，状如棘针的是短果枝中的"针枝"。范成大憎嫌它们无韵无格，但留下"气条"这一类名称，却是有价值的科学记载。同时也说明范成大对梅花的观察和记载，相当细致正确。

盆栽的梅花特称梅桩，也多重视模仿古梅枯干樛枝，古拙怪奇之状。或弯曲主干，蟠绕枝条，精心修剪，使成种种形状。与范成大同时的张镃，著有《梅品》一书，已经讲到"蟠结作屏"，可见梅桩起源很早。但张镃认为这是梅花的屈辱，与清代龚自珍的见解相同。

龚自珍把梅桩叫作病梅，特意撰《病梅馆记》一文，虽然他是借物喻人，用以揭露封建旧习束缚人才的弊害的。他说"梅以曲为美"，"以欹（qī，斜）为美"，"以疏为美"，仅仅是文人画士的一种癖好。"斫直、删密、锄正"，阻遏生机，于是江浙的梅都病了。

他购买 300 盆，毁掉花盆，解去棕缚，全都种在地上，希望五年以后，全都成为生态自然的梅树。

撇开讽喻的用意，从园艺的角度来看，梅桩也是一种艺术，现在也还是需要的。

植物经过人工栽培，大都能发生变异，分化成不同的品种。梅栽培历史久远，《西京杂记》记载汉武帝时梅已有 7 种：

> 初修上林苑，群臣远方各献名果异树，亦有制为美名，以标奇丽。
>
> 梅七：朱梅、紫蒂梅、紫华梅、同心梅、丽枝梅、燕梅、猴梅。

仅有名称，未加说明，所以难以知道这些梅树的性状。如"紫华梅"，显然就是紫花梅，梅花原本白色，2000 年前已经有紫色的了。"同心梅"是一朵花里有两个花心，只有重瓣花才会偶然出现这种现象，所以重瓣梅花的起源也是很早的。

《齐民要术》引录时，"燕梅"作"燕脂梅"，是指果实的色彩。"猴梅"作"侯梅"，大概是以出产的人家命名的。

从魏晋六朝到唐代，似乎没有什么关于梅的品种的记载。北宋梅尧臣有《读吴正仲重台梅花诗》，"重台梅"就是现在的台阁梅。宋徽宗赵佶《御制艮岳记》："植梅以万数，绿萼承跗（fū），芬芳馥郁……号绿萼华堂。"堂以"绿萼华"名，就因为万数梅树都是绿萼梅。李格非《洛阳名园记》："大隐庄梅……盖早梅，香甚烈而大。"这是北宋时代三个梅花品种的记载。

范成大的《范村梅谱》是关于梅花最早也是唯一的一本谱录。

范成大搜集当时苏州地区所有的各种梅树，陆续栽种在家园里，每得一种，记录一种，合成一帙，再加前后序文，便成这本《梅谱》。过去都说这书"记所居范村之梅，凡十二种"。实际上其中第五种"古梅"并不是梅的一个品种。第十二种"蜡梅"，他自己就说"本非梅类"。所以记载的梅一共是 10 种，即江梅、早梅、官城梅、消梅、重叶梅、绿萼梅、百叶缃梅、红梅、鸳鸯梅和杏梅。其中从重叶梅至鸳鸯梅 5 种是花梅，其他 5 种则是果梅。

清初《广群芳谱》一书，在《花谱》部分转录《群芳谱》所记梅花 13 种，并增加《范村梅谱》4 种，《花镜》5 种，共计 22 种。《果谱》部分转录《群芳谱》12 种，增加《范村梅谱》1 种，《具区志》2 种，共计 15 种。两者共 37 种，但有 10 种重出，实际只有 27 种。大部分没有注明出处，从名称看，是杂采《尔雅》《西京杂记》《范村梅谱》《花镜》等书的。

对于梅的品种，首次作植物学分类记载的，是已故的林学家陈嵘，他著《中国树木分类学》，作为《中华农学会丛书》之一，于1937 年 9 月刊行于南京。所记梅及其变种的名称和性状，摘录如下：

梅（《诗经》）［别称春梅（南通）；杭（qiú）；枏（《尔雅》）；蔝（lǎo）（《周礼》《广志》）］

学名 *Prunus mume* Sieb.& Zucc.

变种

（1）绿萼梅（《花镜》）*P. mume* var.*viridicalyx* Mak.

璋按：出处应为《范村梅谱》。

（2）品字梅（《花镜》）*P. mume* var.*pleiocarpa* Maxim. 心皮在一花中有 3~7 枚，一花内能结数果实。

（3）早梅（《群芳谱》）*P. mume* var.*microcarpa* Mak. 花小，单瓣，

果实小，圆形。

璋按：出处应为《洛阳名园记》。

（4）* 细梅 *P. mume* var. *cryptopetala* Mak. 萼绿色而微带紫色，花瓣 5 片，甚小。

璋按：* 号示这个汉名是陈氏自拟的（下同）。

（5）杏梅（《花镜》）*P. mume* var. *bungo* Mak. 枝强大，小枝暗紫色，叶大，花亦大，半重瓣。

璋按：出处应为《范村梅谱》。

（6）* 毛梅 *P. mume* var. *goethartiana* Koehne. 叶、花梗、萼、子房与花柱下半部均有毛。

（7）* 白梅 *P. mume* var. *alba* Rehd. 花白色，单瓣。

（8）红梅（《花镜》）*P. mume* var. *alphandii* Rehd. 花粉红色，重瓣。

璋按：出处应为苏轼诗。

（9）冰梅（《花镜》）*P. mume* var. *albo-plena* Bailey. 花白色，重瓣。

（10）照水梅（《花镜》）*P. mume* var. *pendula* Nichols. 枝下垂，花开时朵朵下向而香浓。

（11）* 光梅 *P. mume* var. *tonsa* Rehd. 叶近于平滑无毛，花白色。

（12）* 香梅 *P. mume* var. *laciniata* Maxim. 叶楔形或披针形。花有香气，淡红色，重瓣，亦有单瓣者。

依据目前的调查和研究，全国梅树品种，已在 200 种以上。随着果树园艺和花卉园艺的日益发展，花、实齐美的梅树将对我们更为有用，我们将对它更加重视和珍爱。

1985 年 9 月

诺伊塞特玫瑰

块石艺灵苗

　　几年前初住闽南山乡，那是一个四面山峦环绕，仅有几十户人家的小市集，清溪旁流，田畴平展。时届季冬，却是紫云英红霞铺地，油菜花金黄耀目；麦浪起伏，蔗翠如竹。屋角溪边，龙眼树郁郁葱葱；远处一枝两枝芒果树，高耸云表。路口的榕树，绿荫沉沉，鸟雀争鸣。生性喜爱自然，虽是异乡风光，却只觉新鲜而可亲。

　　后来听说，这个地方离开漳州附近的水仙之乡，只有百余里路，水仙花一向爱好，虽然长住北方，每年春节，总能取得一些，作为案头点缀。而且依据书本知识，竟也写过几篇介绍水仙花的文章。现在到了水仙之乡的邻县，岂非意外机缘！但是，刚刚是"以粮为纲"的年份，水仙之乡，早已不种水仙，于是，水仙之乡相距匪遥，却第一次过了一个不见水仙花的春节。两年后，花农们悄悄地种了一些，才又重新看到它。

　　水仙花是我国的特产，但原产在哪里，已不可考。据《南阳诗注》说："此花外白中黄，茎干虚通如葱。本生武当山谷间，土人谓之天葱。"如果武当山真的有野生水仙花，那么，湖北省倒是水仙花的原产地了，不知植物学工作者有否调查考察过。

　　栽培的水仙花种子不会萌发，全靠鳞茎繁殖。鳞茎的形状略似小的洋葱头，而与石蒜最为相似，因为它们是同科植物。漳州栽培的，鳞茎特大，呈扁侧的馒头形，能够抽生 4~5 枝花茎，最多可以有近 10 枝，因而最为人所贵重。漳州可说是水仙花的唯一产地，据地方志记载，栽培开始于明景泰年间（1450—1456），迄今已有 500 余年历史。近几年，厦门也已在栽培。还有上海的崇明，几十年前开始栽培，鳞茎形小，只抽生 1~2 枝花茎，未能与漳州产的相匹敌。

依据文献记载，过去江浙两省，都出产水仙花，如：

适从闽越来，绿绶拥翠条。

（南宋许仲企《水仙花》）

见画如花花似画，西兴渡口（杭州对岸）晚晴时。

（元张伯淳《题赵子固水仙图》）

杭州近江处，园丁种之成林，以土近咸卤，故花茂。

（明王象晋《群芳谱》）

以单叶者为贵，出嘉定，短叶高花，最佳种也。

（明王世懋《学圃杂疏》）

水仙江南处处有之，惟吴中嘉定种为最，花簇叶上，他种则隐叶内耳。

（《群芳谱》引于若瀛语）

以上各地，不知从什么时候起，却都不再栽培。

北宋刘邦直诗说："借水开花自一奇，水沉为骨玉为肌。暗香已压荼蘼（mí）倒，只比寒梅无好枝。"现在看来，"借水开花"，并不奇怪。水仙是多年生植物，秋季到初夏，是它的生长期。生长期过后，地上部分枯萎，鳞茎经过一段休眠时期（盛夏和初秋），就又会抽叶生长。幼小的鳞茎，只抽叶，不开花。成长的鳞茎，休眠期中形成花芽，水养时，就依靠鳞茎贮藏的养分抽叶开花，这就是"借水开花"的秘密所在。假如种在泥土里,除了依靠自身的养料以外,还能吸收和制造新的养分,那就不仅抽叶开花,而且可以新生鳞茎,继续繁殖。即使是水养的鳞茎,花后把它种在泥土里,也能正常生活。吴其濬的《植物名实图考》说:"其花不藉土而活,应入石草。"他只见水养的水仙,不知道原本是经过泥土栽培的,因而在人为分类上,把它从"山草类"(《本草纲目》)改入"石草类",虽然有创新立异的精神,但并不正确。

南宋诗人杨万里说:"世以水仙为金盏银台,盖单叶者,其中有一酒盏,深黄而金色。至千叶水仙,其中花片卷皱密蹙,一片之中,下轻黄而上淡白,如染一截者,与酒杯之状殊不相似,安得以旧日俗名辱之。要之,单叶者当命以旧名,而千叶者乃真水仙云。"所谓"单叶"就是单瓣,"千叶"就是重瓣,这是关于重瓣水仙花的最早记载,距今已有700余年,而它的起源,当然远在这个记载之前。

单瓣是水仙花固有的、原始的形态,出现在前;重瓣是经过人工培养选择而成的、新生的形态,出现在后。杨万里说"千叶"是"真水仙",便颠倒了它发展的过程。后来《群芳谱》说:"一云单瓣者名水仙,千瓣者名玉玲珑。"把单瓣的直称为水仙,给重瓣的另取一个名称,那就正确了。

至于说"有一酒盏",是指植物形态学上所说的副花冠,因为色黄,所以叫它"金盏"。而"银台"是指它的6片花被(花瓣)。重瓣花系它的雄蕊变成花瓣所成。这些花瓣没有原来的花瓣那样整齐,说它"卷皱密蹙",形容得很生动。同时副花冠分裂成黄色小片,紧贴在新生花瓣的基部,说它是"如染一截者",却是观察不精之故。

水仙花

　　"定州红花瓷，块石艺灵苗。"（许仲企）这是说养水仙花时，把它放在瓷盆里，并用石子衬填，与现在的水养方法，完全相同。漳州习惯把鳞茎雕了再养，方法是：用锋利的小刀，削去鳞茎的一侧，微微显露幼芽，再把幼芽两侧的鳞叶，也仔细修去；同时使芽的花梗和叶片，略受肤伤。然后把鳞茎平放在栽培的水盆里，上覆棉絮，保持切面润湿。这样，花芽已裸露在外，不受鳞叶拘束，生长较快，不待长高，就会开花。经过切割，受伤处生机减弱，另一侧正常生长，便盘曲而不挺直，整株水仙显得瘦小，这就叫"蟹爪水仙"。花工又能使用不同的刀法，让各个幼芽的发育各不相同，于是每一球水仙会各自呈现不同的奇异形状，分别给以"金鸡报晓""凤凰朝阳"等名称，这是我国盆栽园艺上一种特殊的技术。但跟梅桩被称为"病梅"一样，失却水仙花原本的翠带袅袅、玉蕊盈盈的素淡幽雅的风韵，也不免有点缺陷。

　　水仙的花形花色，比较简单，只有一个重瓣的变种，又全都是白色的；不像菊花、山茶、牡丹等花那样丰富多彩，品种不计其数。但是，我们能不能应用遗传学的原理，培育出多种色彩、多种形状的水仙来呢？这在园艺学上应是值得试一试的吧。

1979 年 12 月

银花玉雪香

1912 年春季，我第一天上高等小学堂读书，踏进校门，小天井中间是石砌的走道，西侧一株红梅，残英无几，嫩叶新绿。东侧一株干径近尺的玉兰，高耸半空，洁白玉润的花朵，辉耀在阳光中，蝶舞蜂鸣，芬芳满庭。第一次见到这花，留下深刻的印象。

在校读书三年，毕业后数年，又回校执教三年，欣赏它前后六年之久。后来到过不少地方，都未能再见到玉兰。1938 年春季，这校舍，连同这株玉兰，全给日寇焚毁，花如有知，亦应恨恨。50 年代居住北京，才在颐和园和大觉寺重又欣赏到它。

玉兰是落叶大乔木，高可达 16 米；树冠卵形，枝条疏生，芽和嫩枝有毛。叶片倒卵形，全缘，长 10~18 厘米；上面亮绿色，疏生短柔毛；下面淡绿色，仅脉上有毛。花先叶开放，花被 9 片，矩圆倒卵形，长 8~10 厘米，白色芳香；花径 12~15 厘米；雄蕊多数，螺旋状排列。果实为褐色的蓇葖，聚生成圆筒形，长 8~12 厘米。种子红色。

河南、山东、江苏、浙江、安徽、江西等省都栽种玉兰，间有野生。青岛公园内有玉兰园，是观赏胜地。北京大概已经是它露地栽植的北限。玉兰花期早，美丽而芳香，宜推广繁殖，作为城市园林、风景胜地绿化、美化、香化的重要树种。

玉 兰

繁殖玉兰，应用播种、扦插、压条、嫁接等方法都可以。秋季采摘种子，可立即播种，也可沙藏到翌年春天再播种。幼苗要注意遮阴；在北方，冬季要壅土或包草防寒。

夏季剪取带踵嫩枝扦插，不到两个月就会生根，翌年春天便可移植。压条春季进行。嫁接用靠接法，以木笔为砧木，接后三个多月，即可切离成一小苗。

玉兰有一个变种，花被外面紫色，内面和雌雄蕊鲜红色，叫作紫花玉兰。较为少见，又更美丽，尤足珍贵。

用作砧木的木笔，以花蕾形似笔尖而得名（玉兰的花蕾同样是笔尖形，但较为粗大），也叫辛夷。它是落叶灌木，高 2~3 米，小枝无毛。叶片倒卵形或矩圆倒卵形，全缘，先端尖；长 10~18 厘米；上面暗绿色，疏生细毛，下面淡绿色，脉上有毛，与玉兰叶相似。花被 9 片，外层 3 片是萼，形小而色绿，早落；里层 6 片是花冠，矩圆倒卵形，长 8~10 厘米；外面紫色，内面白色。另有小花和深紫色的变种。原产湖北等地，栽培比玉兰为普遍。

一般植物分类学书籍，都说木笔又叫木兰，胡先骕《经济植物手册》则说玉兰又叫木兰，命名互相歧出。《楚辞》有"朝饮木兰之坠露兮""辛夷车兮结桂旗"等语；各种《本草》，从《神农本草经》到《本草纲目》都分条记载木兰和辛夷（木笔），显然被认作两种不同的植物。因此把木笔（辛夷）叫作木兰，并无根据。

直到南宋还没有玉兰这个名称。胡仔《苕溪渔隐丛话》说：韩愈"《感春》诗：'辛夷花高开最先。'洪庆善注云：'辛夷高数丈……北人呼为木笔；其花最早，南人呼为迎春。'余观木笔、迎春，自是两种：木笔色紫，迎春色白；木笔丛生，二月方开；迎春树高，立春已开。然则辛夷乃此花耳"。韩诗没有说明花色，所以难以断定所说的辛夷究竟指哪一种植物。洪注首先记载"迎春"这 花名，是有用的资料；但认为辛夷或木笔便是迎春，却未必正确。胡仔指出树高、花白、早开三个特征，符合玉兰的形性。但胡认为迎春就是辛夷，木笔是另一种植物，则与木笔便是辛夷的传统观念不符。

明代才出现"玉兰"这个名称，如王世懋《学圃杂疏》说："玉兰早于辛夷，故宋人名以迎春。今广中尚仍此名。千干万蕊，不叶而花，当其盛时，可称玉树。树有极大者，笼盖一庭。"大概因为当时已经熟悉玉兰，所以才能正确认识迎春。

比王世懋早一个世纪的名画家沈周，以及比王世懋年长60多岁的文徵明，都有"玉兰"诗，可以说沈周是现在知道的最早歌咏玉兰的人。

翠条多力引风长，点破银花玉雪香。

（沈周《题玉兰》）

绰约新妆玉有辉，素娥千队雪成围。我知姑射真仙子，天遣霓裳试羽衣。

（文徵明《玉兰》）

王世懋的哥哥王世贞，在《弇山园记》中说：他种有10株玉兰，"花时交映，如雪山琼岛"。足见当时是重视玉兰，广为栽培的。

花鸟画中玉兰也是一个重要题材，像《玉堂富贵》那样通俗而又世俗的画面，不知起源于什么时期？

一些有关玉兰的文献，都没有提及木兰，因而说玉兰又叫木兰，也是没有根据的。在植物分类学上，玉兰和木笔都是木兰科木兰属植物，但古代的所谓木兰，既不是木笔，也不是玉兰，究竟是一种什么植物，尚难确指。如果中药铺里尚有"木兰"这一味药物，那就可以依据实物或调查产地来确定它的名称，望中药学者赐教。

木笔花蕾含柠檬醛、丁香油酚、维生素 A 等成分，辛温解表，可治急慢性鼻窦炎、头痛等症。根可治肝硬化腹水。树皮、叶和花都可提炼香精。

玉兰花蕾民间也供药用。花可提炼香精。花瓣也可拖面油炸作点心。种子可榨油。

1984 年 11 月

我爱桃花

友人来信，嘱写一篇《春风桃李》，一个多么好，多么生动有趣，而且意义深长的题目。但文思拙滞，命题作文，不知怎样下笔才好。无奈，只能自己出个题目，内容单纯一些，叫作《我爱桃花》。

我爱桃花，爱它庭心墙角，篱边宅旁，山陵原野，湖畔路侧，不择地宜，随处安身。爱它临窗映户，陪伴了我整个童年。爱它最接近人，人人都认识它，熟悉它。

我爱桃花，爱它是我国土生土长的植物。虽然西方学者误认它原产波斯（伊朗），把它定名为"波斯桃"。但这正足以证明，大概早在汉代，它便已沿着丝绸之路从我国传播到了西亚。

我爱桃花，爱它是春的使者。桃红柳绿，便是最通俗的描写春景的字眼。"一曲桃园树，平沙十里春"（明方九功）。云蒸霞蔚，红雨成阵，烂漫春光，凭它装点。

我爱桃花，爱它多姿多态，多种多类，色彩形态，富有变化。爱它有绛桃、绯桃、碧桃、二色桃、日月桃、鸳鸯桃、寿星桃，种类繁多，不可胜数。

"重门深锁无人见，惟有碧桃千树花"（唐朗士元）。这是碧桃一名的首次记载。明杨基《写生碧桃花歌》："枝上白云吹不散，阶前明月照疑空。"说的是白花。宋范成大《咏绯碧两桃花》诗："碧城香雾赤城霞。"好像说碧桃花真是碧色的。明王象晋《群芳谱》："千叶桃,一名碧桃。"现在也把专供观赏的重瓣桃花,不论花色红白深浅,不论树形高矮大小,都叫作碧桃。花并非碧色,为什么叫作碧桃,希望有人能够给予解释。

我爱桃花,爱它有花又有实。这是桃、李、梅、杏、苹果、梨子等蔷薇科果树的通性,而桃子的形状、色彩、大小、时令,变化特多。它有五月桃、六月白、水蜜桃、肥城桃、黄金桃、蟠桃、油桃、冬桃,和花一样,也是种类繁多,不可胜数。

蟠桃是一个别致的名称。东方朔《十洲记》:"东海有山名度索山,有大桃树,屈盘数千里,曰蟠桃。"由于树形屈蟠,所以叫作蟠桃。后来把扁形的桃子叫作蟠桃,却不知是什么意思了。这名称首先见于《洛阳花木记》:"蟠桃,一名饼子桃。"《群芳谱》不载蟠桃,只记饼子桃和方桃,方桃大概也是蟠桃的异名。

水蜜桃、肥城桃等都是形大色美,玉液琼浆,甘甜适口,为人喜爱的佳果。但不耐贮藏,供应期短,是一大缺憾。油桃皮坚肉硬,冬桃果小迟熟,都较耐贮藏,能否让它们跟水蜜桃等优良品种杂交,创造出"水蜜油桃""水蜜冬桃"等新的品种来呢?不知果树园艺学家试验过没有?

我爱桃花,爱它生长迅速,容易栽培。白居易《种桃歌》:"食桃种其核,一年核生芽,二年长枝叶,三年桃有花。忆昨五六岁,灼灼盛芳华。"宋陆佃《埤雅》:"谚曰:'白头种桃。''桃三李四,梅子十二。'"直到现在,还是流传这些谚语。

关于种桃,还有一个故事。宋代诗人石曼卿在海州做官时,那里山高路险,树木稀少。他教人把桃核裹上泥土,投掷山上,几年以后,满山都是桃树,花时烂漫如锦。现在飞机造林,也用裹泥的种子，而这裹泥的方法，在我国已有将近一千年的历史了。石曼卿不仅是一位诗人，也是一位提倡绿化，并且有所发明的人。

我爱桃花，爱它的果实被称为寿桃，可用以祝贺长寿。只是桃树生长迅速，衰老也早，仅有一二十年寿命。短命的桃树，长寿的桃子，多么矛盾。这又只好用神话来解释了。相传也是东方朔的著作《神异经》说："东方有树，高五十丈，名曰桃，其子径三尺二寸，和核煮食之，令人益寿。"这大概是寿桃的出处吧。

寿桃也叫作蟠桃，现在所用寿桃，都是有尖嘴的水蜜桃一类的桃子，并不是前面讲过的那种扁平形的蟠桃。这样寿桃为什么又叫蟠桃，又是一个不可解的问题了。

我爱桃花，爱它是文学上的重要题材。"桃之夭夭，灼灼其华。"3000年前的诗人已经歌颂了它。"山桃红花满上头，蜀江春水拍山流。"唐代诗人刘禹锡描绘的这一幅春山春水的画幅，桃花呈现多么生动艳丽的色彩。隐逸诗人陶渊明那篇《桃花源记》，塑造了千余年间封建社会所祈求的一个理想乐园。他如崔护的"人面桃花相映红"的故事，刘晨、阮肇天台遇仙的传说等等，都是桃花给我们的文学遗产。

我爱桃花，但我并未能栽培桃花，研究桃花，歌咏桃花，甚至几十年来欣赏桃花的机缘也很难遇见。桃花有知，必将感到多么口惠而实不至啊！

1981年1月初稿，1986年3月修改

兰和兰花

一般讲到兰花，总要引用《易经》的"同心之言，其臭如兰"、《离骚》的"纫秋兰以为佩"、"余既滋兰之九畹兮，又树蕙之百晦"以及"国香""王者香"等旧记载来称誉它，并用以说明兰花观赏栽培历史的悠久。其实这完全是误解，是把现在的"兰花"与古代所说的"兰"混为一谈了。

现在的兰花是北宋诗人黄庭坚首先记载的。清初《广群芳谱》一书说："兰花蕙花，一类二种……皆非古之所谓兰草蕙草也。……今以兰花蕙花合为一谱，兰草蕙草附录于后，以备参考。"这样区分，完全正确。但谱内记载的资料，仍不免互相混淆。

古代的兰，有兰草、蕙草和泽兰三种，都是菊科植物。

兰草简称为兰。多年生草本，高 1.2~1.6 米，叶椭圆形而尖，有锯齿，基部有裂片。秋季生小头状花，伞房状排列，花冠管状，淡紫色。叶片干燥后散发芳香。

兰草别名为"蕑"（jiān），见于《诗经》："方秉蕑兮。"《传》云："蕑，兰也。"盛弘之《荆州记》又叫它作都梁香："都梁县（今湖南省武冈县）有山，山下有水清浅，其中生兰草，因名为都梁香。"

前面说起的"国香"，出于《左传》。"王者香"则是孔子说的，见于东汉蔡邕所著的《琴操》："《猗兰操》者，孔子所作为也。……自卫返鲁，过隐谷之中，见芗（香）兰独茂，喟然叹曰：'夫兰当为王者香。'"

旧《辞源》引录这段文字，末尾附加一句"后因称兰花为'王者香'。"画蛇添足，就让孔子看到的"兰"变成了"兰花"。当然称兰花为"国香"和"王者香"，久已习非成是；但应该知道它实际是张冠李戴，那才是科学的态度。

孔子又有"如入芝兰之室，久而不闻其香"（《孔子家语·六本》）、"芝兰生于深林，不以无人而不芳"（同上《在厄》）的话。"芝"同"芷"，"芝兰"就是香兰。看来孔子对于兰颇有兴趣。后世有"陶渊明爱菊""林和靖好梅"的说法，却没有人说"孔子爱兰"，应是兰并非观赏植物之故。

蕙和蕙草的名称，见于《楚辞》和《名医别录》。《楚辞》除了说"又树蕙之百晦"之外，又有"光风转蕙，泛崇兰些"（《招魂》）等语。《名医别录》则说："薰草一名蕙草，即香草。""薰草"也简称为"薰"，《左传》所谓"一薰一莸（臭牡丹），十年犹有臭"就是。《开宝本草》称它为零陵香，以湘水发源处的零陵（今广西全县）所产为最著而得名。

泽兰，《神农本草经》说："一名虎兰，一名龙枣。"吴普的注解是："一名水香……生下地水旁。叶如兰，二月生，香，赤节，四叶相值枝节间。"叶卵圆形，无裂片；花白色，可与兰草区别。苏轼词："山下兰芽短浸溪。"（《浣溪沙·游蕲溪》）指的大概就是这一种。

前面说过，最初记载兰花的是黄庭坚，他在《书幽芳亭》一文中说："一干一华（花）而香有余者，兰；一干五七华而香不足者，蕙。"简单几笔，把现在的兰和蕙的特征都勾勒出来了。不过他虽然认识这两种兰花，但还是误认它们就是古代所说的兰。后来朱熹在《楚辞辨证》一文中，才把古代的兰与黄庭坚所说的兰明确区分开来，他说："兰蕙，名物，《补注》所引《本草》，言之甚详。……其与人家所种叶类茅而花有两种如黄说者，皆不相似。……大抵古之所谓香草，必其花叶皆香而燥湿不变，故可刈而为佩。若今之所谓兰蕙，则其花虽香，而叶乃无气，其香虽美，而质弱易萎，皆非可刈而佩者也。"朱熹是一位唯心的理学家，但他识别兰蕙，倒是实事求是的。

从此以后，所谓兰蕙，就都指兰科植物，而菊科的兰蕙，就很少有人注意到了。

朱熹逝世后33年，即南宋理宗绍定六年（1233），赵时庚著《金漳兰谱》，记载兰的品种22个。其中"弱脚"一种，说是"独头兰""一干一花"，显然是"春兰"。另一种"名弟"，说是"新长叶则旧叶随换，人多不种"，那应是形似兰花的其他植物。余下的20种都是"建兰"，现在著名的品种"鱼鲛（zhěn）"也已在其中，足见其栽培历史已相当久远。

首先明确记载兰花栽培的，也是黄庭坚，他说："余居保安僧舍，开牖于东西，西养蕙而东养兰。"这"兰"应是"春兰"；"蕙"却不知是指"蕙兰"，还是也包括"建兰"，这里无从悬揣。

梅兰竹菊是中国画的主要题材。《图绘宝鉴》说：汤正仲"水仙、兰亦佳。"这应是有关画兰最早的记载。汤正仲是十二三世纪之交的人，生卒年代稍后于朱熹。有关兰花的绘画，应是兰花栽培起源的一个旁证，不知美术工作者能提供其他资料否？

兰花主要有春兰、蕙兰和建兰三种。

春兰以早春开花而得名，也叫草兰或山兰。花茎短，只生1朵间或2朵花。叶细狭，弯曲下垂。产于浙江、安徽、湖南、四川、甘肃南部和云南。

蕙兰简称蕙，俗称九节兰，因为 1 茎有花多至 9 朵的；又叫夏兰，以花期后于春兰，初夏才开而得名。植株稍大，叶长，也弯曲下垂。产地同春兰。

建兰花 6、7 朵，秋开。叶宽而直，深绿色。性喜温暖，分布福建、广东、云南等地。

中国画里的兰花都是春兰和蕙兰，因为它们叶片细长弯曲，花朵娟秀，有潇洒飘逸之致。

与建兰相似的，尚有墨兰、寒兰和台兰。

墨兰，花 5~10 朵，颜色深，有紫褐色斑纹。花期早，春节前就开，所以又叫报岁兰。香气较淡。叶片阔于建兰，长达 100 厘米。分布闽、台、粤等地。

寒兰，花 5~7 朵，花瓣稍狭，有白、黄、桃红、青、紫等色，芳香，花茎细。分布浙江南部及江西、福建、台湾等地。

台兰也叫小蜜蜂兰。花多至 20 余朵，深紫色，无香味。花期同墨兰和寒兰。分布浙江、湖北、湖南、四川等省。

兰草是菊科植物，兰花是兰科植物。菊科，在双子叶植物中所占的分类位置最高；兰科同样是单子叶植物中最高等的一科。同名为兰，同占最高的分类位置，真是一个巧合。

1982 年 3 月

兰草名录

兰草 *Eupalorium chinense* L.

蕙草 *E. fortunei* Trucg.

泽兰 *E. japonicum* Thunb.

兰花名录

春兰 *Cymbidium goeringii* Rchb. f.（C.*virescens* Ldl.）

蕙兰 *C. faberi* Rolfe

建兰 *C. ensifolium*（L.）Sw.

墨兰 *C. sinense*（Andr.）Walld.

寒兰 *C. kynran* Makino

台兰 *C. pumilum*（Roxb.）Sw.

波瓣兜兰

兰花描述

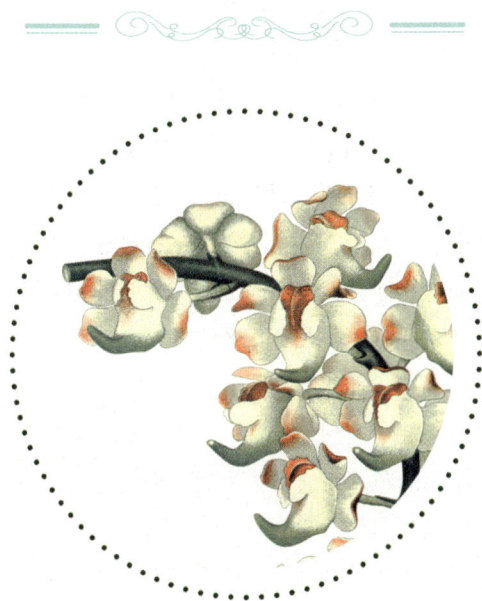

我曾写过一篇《兰和兰花》，专门辨别古人所说的兰是香草，是菊科中的兰草等植物；现代栽培的兰花是香花，是兰科中的春兰、建兰等植物。两者同名为兰，但不是同类植物，希望人们不再把它们混作一谈。同时也说到兰花的种类和栽培的起源。现在从植物学和园艺学的观点来谈谈兰花的形态和构造，供认识和欣赏兰花者参考。

一朵兰花有 6 片花被，2 层排列，左右对称。外层 3 片是萼片，形状较大，倒卵形，绿色；中间向上的 1 片叫作中萼片，旧称主瓣；分列左右的两片，叫作副萼片，旧称副瓣。

内层 3 片是花瓣，形状较小，两片向上并列，旧称棒或棒心，以两片不密接在一起的为上品，一片在下方，叫作唇瓣，旧称舌，质厚而短，有显著的色彩；通常 3 浅裂，中裂片大，向上卷呈唇状，侧裂片小，不反卷。

兰花的雄蕊和雌蕊的花柱合生成蕊柱，旧称为鼻。蕊柱顶上有 4 粒花粉块，是 1 枚花药生成的；花药原本有 3 枚，其他 2 枚已退化。花粉块上有黄色的药帽盖住。又蕊柱接近顶部的前下方，有一凹窝，叫作药腔或药穴，那便是变形的柱头，有黏液，便于黏着花粉块。子房下位，内含多数胚珠。

蕊柱还有蜜腺分泌蜜汁，用以引诱昆虫。宋叶廷珪《海录碎事》说："凡兰皆有一碎露珠，在花蕊间，此谓兰膏，不啻沆瀣（露水），多取损花。"所谓兰膏便是花蜜。蕊柱的药腔附近，组织内有多数油细胞，散发芳香。正是"寸心原不大，容得许多香"（元张羽《咏兰花》）。入山采兰，往往是"谷深不知兰生处，追逐微风偶得之"（苏辙《答琳长老寄幽兰》）。也就是先闻到香气，追踪寻觅，才能发现兰花。几置一盆，则阖室芬馨，宋戴复古形容它为"室有兰花不炷香"。其实兰花的芳香，馥郁而不浓烈，醇厚而又清幽，远比烧香为好。

文殊兰

兰花的颜色和形态，变异不大。不像牡丹、菊花等等，有多种颜色和大小，多种瓣形和姿态，却始终保持幽雅素淡的风韵。兰花的变异之一，是副瓣开展的形式。品种一般的兰花，开放时，副瓣下垂，旧称落肩或大落肩；有的开放后慢慢下垂，旧称渐落肩。较好的品种，副瓣一字形平展，不下垂，旧称一字肩。最名贵的，副瓣向上翘，旧称飞肩。

变异之二是萼片和花瓣的形状，包括大小、宽狭和尖平的不同，旧时把它们类归为 4 种：

1. 梅瓣　萼片短阔，先端平或微尖，肉质而厚，棒心和唇瓣都向内卷，形似梅花，有宋梅等很多品种。

2. 水仙瓣　萼片中间宽，先端尖，肉质透明；棒心厚，向内卷，唇瓣下垂；大概形似水仙花，有水仙等品种。

3. 荷瓣　萼片阔大而厚，边缘向上卷，近似荷花瓣，有郑同荷等品种。一种叫绿云的，1 茎 2 花，花被多达 8~9 片，是兰花中少有的重瓣品种，叶片短阔而厚，较为特异。

4. 蝴蝶瓣（蝶瓣）　花小，副瓣向外卷，形似蝶翅，有杨氏素蝶（素瓣）、迎春蝶（荤瓣）等品种。

变异之三是唇瓣的色彩。唇瓣原本有深浅不一的紫色斑点，这叫作荤瓣。有的斑点淡褪或消失，叫作素瓣，有素瓣的兰花，总称为素心兰。素瓣以颜色不同，分为绿胎素、黄胎素、白胎素 3 种。也有红色的，叫作朱砂素；也有斑点淡褪而残留痕迹的，叫作刺毛素，这些都是名贵品种的特征。

花后结生蒴果，圆筒形，有 3 棱，绿色，顶端有残留的蕊柱和花被，褐色。成熟时干燥而呈褐色，3 纵裂，散出种子。种子微细如粉末，放大观察，呈纺锤形，中间是胚，四周是透明的种皮。极难萌发，一般不供繁殖之用。

以上说的是春兰，蕙兰除了是总状花序，一条花茎生花 6~7 朵，甚至 10 余朵，其余形态大致与春兰相似，同样有荷瓣、梅瓣、水仙瓣、荸瓣和素瓣的不同。又兰花花蕾外面的苞叶，旧称为壳，蕙兰就以壳的颜色不同，分为 3 类：

1. 红壳类　壳红色，有程梅等品种。

2. 绿壳类　壳绿色，有大一品等品种。

3. 红绿壳类　壳绿色微红，有大绿荷等品种。

还有翠蝶等少数品种，是蝴蝶瓣素心兰。

建兰也以素心为贵，如鱼魷，花色素净，几乎透明，早记载于《金漳兰谱》，已有很长的栽培历史。建兰因品种不同，花期先后不一，从 6 月到 10 月都有开花的，观赏期特长。

兰花性喜丛生，繁殖以分株为主。但须 3~4 年才能分株一次，为了加快繁殖速度，可推广试管培养新技术。

兰花的优良品种都是栽培过程中偶然发现而选择出来的，也有的是从野外采集来的。兰花怎样会发生变异，怎样会产生新的性状，怎样能造成新的品种，是园艺学者和花卉爱好者可以留意研究的一项工作。

1986 年 2 月

蕾丽亚兰

杜鹃啼处花成血

20 年代，我写《鸟与文学》时，完成的第一篇稿子是《杜鹃》，由于古代有杜鹃花是杜鹃鸟啼血渍成的传说，所以那篇文章也涉及了杜鹃花，说到《花镜》记载了杜鹃花栽培的方法："上海等处……初春严寒季节，和牡丹同样，用温室促成开花，与梅花、水仙相映成趣。"这算是近今较早介绍杜鹃花的一段文字。

当然，在我国，杜鹃花的栽培，起源很早。据《续仙传》记载：

> 鹤林寺在润州（今江苏省镇江市），有杜鹃花高丈余，每至春月烂漫。僧相传云，（唐德宗）贞元中（785—804），有僧自天台移栽之。

足见至迟唐代已有栽植。栽植的事实，也见于诗人的歌咏：

> 本是山头物，今为砌下芳。
>
> （白居易）
>
> 一园红艳醉坡陀，自地连梢簇茜罗。
>
> （韩偓《净兴寺杜鹃花》）

现在鹤林寺有一杜鹃楼，楼前杜鹃花一丛，高 1 米余。已经不是旧物，但枝叶茂盛，花以千数，依然烂漫可观。

杜鹃花有许多别名，见于唐代的就有山石榴、山榴、山踯躅、踯躅和红踯躅5个，有诗为证：

山石榴一名山踯躅，一名杜鹃花，杜鹃啼时花扑扑。

（白居易《山石榴寄元九》）

山榴花似结红巾。

（白居易《题孤山寺山石榴花》）

五度溪头踯躅红。

（张籍《寄李渤》）

勅赐一窠红踯躅，谢恩未了奏花开。

（王建《宫词》）

宋代起还有映山红和石岩的名称，见于洪迈等人的记载：

润州鹤林寺杜鹃，乃今映山红，又名红踯躅。在江东弥山亘野，殆与榛莽相似。

（南宋洪迈《容斋随笔》）

近时又谓先敷叶、后着花者为石岩以别之。然前人但谓之红踯躅，不知石岩之名起于何时，今江南在在皆称石岩。

（明朱国桢《涌幢小品》引《嘉泰志》）

花之红者曰杜鹃，叶细花小、色鲜瓣密者曰石岩。

（明王世懋《学圃杂疏》）

总之，杜鹃花种类繁多，古人未能细加区分，种种别名，可能是同种异名，也可能是异种同名，也就不必细加推究了。

杜鹃花是杜鹃花科杜鹃花属植物，最常见的一种是映山红，分布长江流域，东至台湾。落叶灌木，高可达 2 米余。叶片椭圆状卵形或倒卵形，疏生粗毛，下面较密。花 1~2 朵顶生于枝梢；花冠漏斗形，5 裂片，长 3 厘米左右；红色，深浅不一，上方 3 裂片里面有深红色斑点。雄蕊 10 枚。花后结生卵圆形小蒴果。

杜鹃花是一大属，全世界约有 800 种，我国就有 650 种之多。旧记载花色，除了红色以外，还有紫色、深红和白色 3 种：

紫踯躅，我向通川尔幽独。

（唐元稹《紫踯躅》）

玉泉南涧花奇怪，不似花丛似火堆。

（白居易《玉泉寺南三里涧中多深红踯躅繁艳殊常感惜题诗以示游者》）

冰肌玉骨擅无双，不与山花斗艳妆。欲染啼红冤杜宇，争如傅粉伴何郎。

（南宋赵成德《白杜鹃花三首》之一）

大概白杜鹃花种类稀少，不易见到，所以记载较迟，而对它的描写，却细腻而有赞颂之情。

杜鹃花一般春夏开花，旧记载也有秋季再开一次花的，如：

春红始谢又秋红，息国亡来入楚宫。应是蜀冤啼不尽，更凭颜色诉西风。

（唐吴融《送杜鹃花》）

峨马杜鹃

山中泉壑暖，幽木寒更花。

　　　　　　（北宋梅尧臣《九月十八日山中见杜鹃花复开》）

这些应与桃、李等花的"十月小阳春"现象相同，而不是一年开二季花的特殊种类。

李德裕《平泉草木记》说："己未岁（唐文宗开成四年，839年）得稽山之四时杜鹃。"记载不知是否可靠。清劳大舆《瓯江逸志》说：

王顺伯为平阳尉，尝于九月诣村野，道间见杜鹃花一本甚高，花开几数千朵，色如渥丹，照人面皆颓。讶其非时，询之土氓，皆云此种只出此山谷，一岁四开，春秋独盛。

近年有人报导，闽北某村落，也有一株四季杜鹃，产地相近，同在浙闽交界区域，因而记载是确实的。

我国西藏、云南、四川3省（区）是杜鹃花分布的中心区，也是世界杜鹃花的发祥地。云南杜鹃花繁盛，四川杜鹃花美丽，早就为人所称颂：

杜鹃花满滇山。尝行环州乡，穿林数十里，花高几盈丈，红云夹舆，疑入紫霄，行弥日方出林。因思此种花若移植维扬，加以剪栽，收拾蟠屈于琼砌瑶盆，万瓣朱英，叠为锦山，未始不与黄产争胜。

　　　　　　　　　　　　　　（清檀萃《滇海虞衡志》）

杜鹃有五色双瓣者，永昌蒙化多至二十余种。

（《云南志》）

杜鹃花出蜀中者佳，谓之川鹃。

（《草花谱》）

第二个杜鹃花分布中心区是菲律宾、印尼和新几内亚。北美和欧洲也产杜鹃花，但种类极少，栽培当然也不多。

鸦片战争后，我国沦为半封建半殖民地，不仅遭受军事侵掠，同时也受到文化侵掠。传教士、植物学者等纷纷深入我国内地，任意采集各种珍贵植物携回本国，甚至极稀有的大树杜鹃，也被锯断树干，拿去陈列在英国博物馆内。

我国多种杜鹃花输入西欧以后，栽培杂交，形成许多新的品种。如英国，18世纪栽培的欧洲杜鹃花，只有10种左右，20世纪初则发展到1000多个种和品种。三四十年代，回输到我国，叫作西洋杜鹃，简称西鹃。这个名称，不免有点数典忘祖，因为它们主要是从我国产的多种杜鹃花培养而成的。西鹃都是小灌木，生活力弱，生长缓慢，需要精心管理。

据传，我国的一种白花杜鹃，唐代就已传入日本。日本从那时起开始栽培杜鹃花，到17世纪已有100多个品种。从19世纪开始，他们利用本国原产的和从我国输入的映山红等种互相交配，培育成许多新的品种，现在已有2000多个种和品种。分别输入我国和欧美，叫作东洋杜鹃，简称东鹃。东鹃为常绿灌木，高可一两米，花小，也叫作小叶小花种。有人把毛叶杜鹃也归入东鹃类，那是常绿或半常绿灌木，体形高大，生活力强，特称大叶大花种。原种有锦绣杜鹃、琉球红等，都原产我国。

白杜鹃

　　杜鹃花以开花时令不同，分为春鹃、夏鹃和春夏鹃三类：春鹃4月先叶开花，如果温室促成，可供春节观赏。夏鹃5、6月开花，性喜温暖，春季宜注意霜害。春夏鹃花期长，从4月到6月，花开不绝。

　　东鹃里面有一种粉红色的"四季之誉"，一年开花两次：春花盛于4月，秋花从9月一直延续到12月，而以11月为最盛。叶片多毛，生性健壮。前面讲过，我国有一种红色的四季杜鹃，可惜尚未推广栽植。

　　杜鹃花花瓣单复不一，大体可分单瓣、半重瓣和重瓣三类：单瓣与野生种相似，只有一层花冠；半重瓣，花心有少数雄蕊变成细碎的小花瓣；重瓣，多数雄蕊都变成大花瓣。花的大小也可分为三类：大花，花径在8厘米以上；中花，在6厘米以上；小花，在6厘米以下。

　　花色由浅至深，可分白色、粉色、红色和紫色四大类。白色有微现绿色的，其他三色都有深浅的不同。除了单色以外，更有条纹、斑点、镶边等复色品种。我国产的尚有一些黄色的野生种，除了羊踯躅（黄杜鹃）是有毒植物，不适宜于观赏用外，其他种类，如果能够驯化培养，一定可以育成一些现在所没有的金黄杜鹃、橘红杜鹃、火红杜鹃等美丽的新品种，为杜鹃花增添新的色彩。这是我国园艺工作者应该而且可能做出的一项贡献。

　　杜鹃花朵较小，花瓣薄嫩，虽然娇艳，但还不够富丽。又尚无起绒的花瓣，未能有闪耀多变的色彩。与月季花相比，总还稍逊一筹。这也是园艺工作者可以研究的一个课题。

　　现在栽培杜鹃花的主要城市，首推辽宁省的丹东市，这与敌伪时期，敌人盘据东北，就近从日本大量输入有关。回顾一下，我国原产的杜鹃花，十九世纪开始输往西欧，是在文化侵掠中被掠夺去的；20 世纪三四十年代大量回输我国，大部分是随着日本帝国主义的铁蹄一起进来的。现在欣赏杜鹃花，回忆到这些历史陈迹，虽然早已事过境迁，但总令人有些感慨。杜鹃花，过去有"杜鹃啼时花成血"（宋寇准）的传说，近代又遭受侵掠的劫运，我们不应该满足于那些西鹃和东鹃，而应该如前面已经讲过的，要充分利用我国特有的自然资源，培养创造一些稀有的、新颖的，更娇艳、更富丽、更有观赏价值的新品类，使杜鹃花面目一新，焕发光彩，表现出我国原产的特有的风韵和精神。

1987 年 3 月 15 日

四时长放浅深红

月季花是我国最普通、最常见的一种花卉，不论乡村小镇，城市公园，都有栽植。花坛庭心，偶种一枝，不费浇灌养护之劳，自然生长成丛，四时花开不绝。因而别名月月红或长春花，受到人们的喜爱，诗人的歌颂：

花亘（gèn，延续不断）四时，月一披秀，寒暑不改，似固守常。

（宋祁《益部方物略记》）

牡丹殊绝委东风，露菊萧疏怨晚丛。何似此花荣艳足，四时长放浅深红。

（韩琦《东厅月季》）

花落花开无间断，春来春去不相关。

（苏轼《月季》）

一从春色入花来，便把阳春不放回。雪圃未容梅独占，霜篱初约菊同开。

（徐积《长春花》）

一枝才谢一枝妍，自是春工不与闲。纵使牡丹称绝艳，到头荣悴一时间。

（朱淑真《长春花》）

　　所有这些歌咏月季花的诗篇，全都着眼于赞美它的四季花开不绝这一特点，因而说它可与篱菊争艳，寒梅斗雪，春色常在，永不衰败。尤其朱淑真一诗，说国色天香的牡丹，也只是片时荣艳，怎能和它相比，堪称推崇备至了。虽然韩琦已有句"牡丹殊绝委东风"，朱淑真把一句演成一首，描写更为具体，可算是青出于蓝吧。

　　韩琦诗说"四时长放浅深红"，足见北宋中叶，月季花已有淡红、深红两个品种，但直到《本草纲目》（1578），还只说"花深红"，别无其他品种名称。《群芳谱》（1621）和《花镜》（1688）也只说除了红色外，还有白色的。后者说到"与蔷薇相类，香尤过之"，记载了芳香月季。

波旁玫瑰

月季花是蔷薇科蔷薇属植物，《本草纲目》也已知道"亦蔷薇之类也"。旧籍对月季花的记载比较简略，对蔷薇则比较详细，如《群芳谱》记载蔷薇有 20 多个种和品种。

其类有朱千蔷薇、荷花蔷薇、刺梅堆、五色蔷薇、黄蔷薇、淡黄蔷薇、鹅黄蔷薇、白蔷薇。又有紫者、黑者、肉红者、粉红者、四出者、重瓣厚叠者、长沙千叶者……别有野蔷薇……他如宝相、金钵盂、佛见笑、七姊妹、十姊妹，体态相同……又有月桂一种，花应月圆缺。

月季

除了上述记载外，还有酴醾、金沙、玫瑰、刺蘼、木香、缫丝花等，都与月季花一样，另外专条叙述。所谓"月桂"，应该就是"月季"。野蔷薇条下说到"花卸时，摘去其蒂，花发无已"，也似乎与月季花有关。所以，《群芳谱》所说的种种蔷薇，有几种可能便是月季花。

王毓瑚《中国农学书录》记载《月季花谱》一卷，说是："本书著者在自序中署名'评花馆主'，真实姓名不详。罗振玉写有一篇《后记》，说只知道作者是江苏人。稿本付刻前经过郁莲卿（汝镛）删订。内容分浇灌、培壅、养胎、修剪、避寒、扦插、下子、去虫、品类等九目。"

这书著作年代是 19 世纪末叶。品类一目所记月季花共有 109 种，并说："月季花先止数种，未为世贵……近得变种之法，遂越变越多，愈出愈奇。始于清淮，蔓延于大江南北……而吴下月季之盛，殆超越前古矣。"这是旧籍中唯一的月季花专著，说"近得变种之法"，似已知近代园艺学育种的方法，是值得称道的。

依照习惯，藤本而只开一季花或二季花的叫作蔷薇；直立小灌木而开四季花的是月季花；直立小灌木，茎多刺，叶片粗糙而只开一次花的（间或秋季也开一些花）是玫瑰。现在往往把蔷薇和月季花都叫作玫瑰，原因有二：一是不认识这三种植物各自所具的特征。二是这三种植物的英、法、德文都带 rose 一字，拉丁、意、俄等文则带 rosa 一字，rose 和 rosa 一般字典都译作蔷薇，也译作玫瑰。因而名称有些混淆，无从认真辨析了。有的把月季花叫作玫瑰，寓有风雅之意，那又当作别论。

西欧在 18 世纪以前，只有蔷薇，而没有月季花。

硫磺薔薇

1792年，我国月季的一个粉红色品种，第二年又一个矮生红色品种，先后输入英国。1820年，小月季和绿月季输入欧洲。以上4种月季与当地的各种蔷薇互相杂交，曾产生上千个新品种，但流传到现在的不多。

1809年，一种红色芬香月季输入英国，并传往法国，被称作茶香月季。后来又有一种黄色芳香月季输入英国，这黄色特别受人注目。从这两种芳香月季培育成的各种杂种，成为现代月季的主要种群。

玫瑰于1796年输入欧洲，在月季新品种的育成上，也起到一部分的作用。

野蔷薇（多花蔷薇）于1804年，木香花（白花重瓣）于1809年输入欧洲，与我国产的其他几种蔷薇，都先后参与了月季花新品种的育成工作。它们的优良特性，都留存在现代各种名贵月季的体内。

现在欧美各国培育的月季花，已有几千个品种，我国引入栽培的，也已有500个或近千个品种了。

月季花花朵大小，分为四型：大型：直径9厘米以上；中型：3厘米以上；小型：1.5厘米以上；微型：1.5厘米以下。

花瓣基本形状为圆形，有短阔和长阔二型；又可分为圆瓣、方瓣和尖瓣三类。有一种边缘不整齐，特称波状瓣。瓣形还有卷边和翘角的不同。

由于瓣数多少和瓣形不同，整朵花的形状也有种种不同的形状，大致有高心形、满心形、球形、鳞形、杯形、盘形和不规则形等几种。

月季花色彩多样，白、红、橙、黄、蓝、紫，各色都有。一色之中，又有深浅浓淡的不同。也有初开白色微绿，后变纯白；或初开纯白，

后带红味；或初开橙黄，后转红色。更有一花二色或瓣有条纹斑点
的。总之色彩丰富，可与牡丹相比，只是花朵较小一些。有的品种，
花瓣有丝绒感，能折射光线，变化颜色，尤为可贵。

1987 年 3 月 3 日

玫 瑰

含笑说含笑

说起含笑，就会记忆起北宋丁谓那两句传诵的诗："草解忘忧忧底事，花名含笑笑何人？"邓润甫诗也说："自有嫣然态，风前欲笑人。"还有苏轼的诗："而今只有花含笑，笑道秦皇欲学仙。"更是寓有深意，耐人寻味。

但是，既名含笑，应是只表示内心的喜悦，不会是取笑他人。含笑的神态，仿佛是一个腼腆含羞，怕见生人的小孩。因此，形容它为："半开微吐长怀宝，欲说还休竟俯眉。"（杨万里《含笑花》）"笑靥含羞藏叶底，为谁娇？"（宋无名氏《杨柳枝》）倒是更为恰当。

这样腼腆的笑容是天真的，可爱的。欣赏含笑，将会使我们同样含笑，我们就以含笑的心情来谈谈含笑是怎样一种花卉吧。

丁谓（962—1033）的诗，是关于含笑最早的记载。稍后于丁谓的蔡襄（1012—1067），有《寄南海李龙图求素馨含笑花》一诗，说是：

> 二草曾观岭外图，开时尝与暑风俱。使君已自怜清福，分得新条过海无？

蔡襄这首诗假如是在福建写的，那么当时含笑还只产于广东，连福建这样温暖的地区，也还没有栽培。

　　李纲（1083—1140）有一篇《含笑花赋》，是为了当时含笑移植到杭州，作为宫廷玩赏而写的。这篇赋留下含笑北移的史迹，也反映了宋高宗赵构贪图享受、生活腐化的一个侧面。

　　现在，绿化、美化大地，改善环境，增进健康，已成为人民共同的需要。不论含笑，还是其他各种花木，都不再是宫廷禁物，而是人人都应爱护的园艺佳卉了。

　　含笑的可爱，还在于它芬芳馨香，幽幽袭人。"一粲不曾容易发，清香何以遍人间？"（杨万里《含笑花二首》）"予山居无事，每晚凉坐山亭中，忽闻香风一阵，满室郁然，知是含笑开矣。"（陈善《扪虱新话》）这跟走进山林，尚不知兰花所在，一缕幽香，早扑鼻而来，正复相同。

　　过去认为含笑有大小两种，又有白花、紫花之分。清李调元《南越笔记》（约作于1777年）说："古诗云：'大笑何如小笑香，紫花那似白花妆？'"两句诗把4种含笑全都说到了。杨万里诗也说："秋来二笑再芬芳，紫笑何如白笑强？"陆游有《闻傅氏庄紫笑花开急棹小舟观之》一诗：

　　　　日长无奈清愁处，醉里来寻紫笑香。漫道闲人无一事，逢春也作蜜蜂忙。

大概当时浙江还少有紫笑，所以他竟要蜜蜂似的赶忙去观赏。但陆游不是陈善，自称闲人，却是反话。陆游晚年虽然长期闲居山阴故乡，但他是"心在天山，身老沧洲"，"夜阑卧听风吹雨，铁马冰河入梦来"。临终还念念不忘"但悲不见九州同"。陆游是爱国诗人，为国家大事而"作蜜蜂忙"，才是他的心愿。

现在通常栽培的含笑，是一种常绿灌木，高达 2~3 米；盆栽的则较小，叶片椭圆形，表面光亮，可长 10 厘米。花单生于叶腋，花瓣 6 片，长椭圆形，黄绿色，有的边缘匀染紫色或红色；花径 2~3 厘米，不全开，因而称为含笑。原产我国南部，粤北尚有野生。看来所谓小含笑，白含笑，紫含笑，实际上都是这一种。

含笑花的香味近似香蕉，旧时称它为瓜香，如宋徐致中诗说："瓜香浓欲烂，莲�（hàn）碧初匀。"又许仲启诗："一点瓜香破醉眠，误他诗客枉流涎。"更深刻描写了对于这种香味的感受。

大含笑是常绿乔木，高可达 12 米。叶片椭圆矩形，顶端尖，不像小含笑那样圆钝，长可达 17 厘米。花单生，花瓣 9 片，三轮排列，卵圆形至倒卵形，白色；花径 12 厘米，极芳香。也产于广东，栽培较少。

清檀萃的《滇海虞衡志》（1799）说："含笑花土名羊皮袋，花如山栀子，开时满树，香满一院，耐二月之久。"山中野生的常被樵采，致成灌木状。栽培的可以长大成拱。这是云南产的大含笑，与广东产的不是同种。

含笑和它的同类植物，都是名卉，又都是重要的香料植物，可以窨茶，又可以提取香精。在这百花齐放的时代，它们将会得到普遍的栽植和爱护。

1980 年 4 月

含笑名录

含笑 *Michelia fuscata* Be.（*M. figo* spreng）

大含笑 *M. maudiae* Dunn.

云南大含笑 *M. daltsopa* Buch.-Ham.（*M. excelsa* BL.）

翠叶冰花淡不妆

茉莉又叫阿拉伯茉莉，原产伊朗、印度等地。据西汉陆贾《南越行纪》的记载，秦汉之际，茉莉便已栽培于我国南方：

> 南越之境，五谷无味，百花不香。惟茉莉、耶悉茗（素馨）二花特芳香，不随水土而变，与夫橘北为枳者异矣。彼处女子，用彩丝穿花心以为首饰。

大概是从海道传来的。妇女簪戴的风俗，一直传衍到现在。

茉莉是音译的名称，有各种不同的写法，《本草纲目》总结为：

> 嵇含《草木状》作末利，
> 《洛阳名园记》作抹厉，
> 佛经作抹利，
> 王龟龄集作没利，
> 洪迈集作末丽。

《群芳谱》又增加两个名称：

> 一名抹丽，谓能掩众花也。

> 佛书名鬘（mán）华，谓堪以饰鬘。

还有一个错误的名称，是明杨慎在他的《丹铅总录》里面提出来的：

> 北土曰柰，《晋书》都人簪柰花，为织女带孝，即此。

查《晋书·成恭杜皇后传》云：

> 先是三吴女子相与簪白花，望之如素柰，传言天公织女死，为之著服。

说的是头簪白花，望起来好像白色的柰花，并没有直接说"簪柰花"，把"如素柰"改为"簪柰花"，是不够正确的。同时说柰便是茉莉，并没有什么根据，未免只是错误的猜想。柰一般指苹果一类植物。现在福建有一种李树，俗名为柰，如果这是福建方言保留的古音之一，更可以证明柰不是茉莉。

茉莉是木犀科素馨属植物。常绿灌木，直立，或微现蔓性，高可达 3 米。叶对生，卵圆形或椭圆形，长 8~9 厘米。《本草纲目》说它"弱茎繁枝，绿叶团尖"，极为形象化。花 3 朵或多朵，生于枝端，成聚伞花序，白色芳香。

古代茉莉只供观赏和妇女簪戴用，更认为夏季可用以消暑，如《乾淳岁时记》说：

> 禁中避暑……

置茉莉、素馨等数百盆于广庭，鼓以风轮，清芬满殿。

当然这是封建统治者穷奢极欲的一种特殊享受，不足称道。一些诗人说它：

翠叶光如沃，冰花淡不妆。

（刘子翚）

火云烧野叶声干，历眼谁知玉蕊寒。

（王庭珪）

旷然尘虑尽，为对夕花明。

（朱熹）

荔枝乡里玲珑雪，来助长安一夏凉。

（许棐）

因为茉莉花素净清香，看到它，心理上联想到冰雪似的寒冷，使人有凉爽的感觉，那是有道理的。

范成大《骖鸾录》云："番禺人作心字香，用素馨、末利半开者，着净器，薄劈沉香，层层相间封，日一易，不待花过，香成（每天换一次，不必等待一个花期完了，香就薰成）。"这个薰香的记载，方法与现在窨制茶叶相似。现代茉莉花茶的窨制，据传起源于清康熙年间，开始大量生产，则在咸丰年间（1851—1861）。现在广州、福州、杭州、苏州等地，是茉莉花茶的主要产地，其他如金华、扬州、芜湖、成都等地，也有大量生产。

茉莉花的另一用途，是提炼香花浸膏，即芳香油，用作香料。起源也很早，如《本草纲目》说："或蒸取液以代蔷薇水。"又，旧《辞源》引《香谱》："蔷薇水，大食国花露也；今则采茉莉，取其液以代焉。"这《香谱》为宋人洪刍所作，自是比《本草纲目》时代更早的一本著作。

茉莉花有单瓣、复瓣两个品种：单瓣种现在主要产于浙江金华，茎略带蔓性，体质弱，易遭病害，花的产量也低。但花的香气浓郁，窨制的茶叶品质较优。复瓣种广州最先栽培，茎直立，体质强，容易栽培。花的产量也高，但香味差，不适宜窨制高级茶叶。

每年初夏到晚秋，茉莉开花不绝，其间有三个盛花期：五六月间为春花，又叫梅（黄梅期）花，产量少。七八月间为夏花，又叫伏花，产量最高，品质也好。九十月间为秋花，产量次于夏花。

每天下午可采摘成熟的茉莉花蕾送往茶厂或香料厂，待晚上7~11时花开放后，进行加工。花蕾没有气味，只要一片花瓣开放，立即芳香扑鼻。宋人郑刚中诗说："真香入玉初无信，香欲寻人玉始开。"应佩服他观察的精细，不说花开散发芳香，而说"香欲寻人"，描写得更是十分生动。明皇甫汸诗云："香惯临风细，花偏映日生。"他就不知道花是黄昏时候开的，翌日映日，香已淡褪。

宋人郑域《咏茉莉》诗："玉搓莲子作尖丸，龙脑薰香簇满冠。好是莹无红一点，若叫红却不堪看。"他认为茉莉的可贵，就在于它冰清玉洁，素淡雅净；如果有一点儿红，那就难以入目了。但是，红茉莉是有的，而且产于西藏、云南、贵州和四川，还是我国的原产呢。清王士禛《陇蜀余闻》说："重庆府有红茉莉。"记载当属确实。不过它不是真正的茉莉，而是形似素馨的同属植物，所以又叫红素馨。

红茉莉木质缠绕茎，高达3米。叶片对生于细枝上，卵圆至椭圆形，比茉莉的叶片小，长仅1~3厘米。花一至数朵顶生于枝端，花冠5裂，裂片只有筒部的一半长，紫色至红色，美丽而芳香。

明代唐寅有一首歌咏红茉莉的诗：

> 春困无端压黛眉，梳成松鬓出帘迟。手拈茉莉猩红朵，欲插逢人问可宜。

这似乎明代苏州一带已有红茉莉。但恐与《群芳谱》说的"一种红色者色甚艳，但无香耳"相同，大概是草本的紫茉莉，而不是藤本的红茉莉。

还有一种大花茉莉，实际是素馨的一个变种，所以也叫大花素馨。意大利盛行栽培，专供提炼芳香油之用，因此也叫意大利茉莉。1957 年我国开始引种，现在广州已能生产大花茉莉浸膏。

大花茉莉是常绿灌木，小枝细长，呈藤本状，高可达 3 米。叶片对生，长圆形至卵状披针形，长仅 1.5~3.5 厘米。顶生聚伞花序，花蕾向阳一面呈红色；筒状花冠，长 4 厘米余，5 深裂，裂片长椭圆形，白色，香气浓郁而甜。生性强健，耐寒耐旱，容易栽培。

为了增产和便于采摘花朵，茉莉一般都成丛栽植，只有 1 米多高。为供观赏，或在寒冷地区，多用盆栽，那就更不能养得很大。明陈懋仁《泉南杂志》说，在他的官舍里，有两株茉莉树，高与檐头相齐。清周亮功《闽小纪》也说：

> 黄孝廉书斋前，二茉莉树，高二丈余，掩映三间屋。

历史上有过这样高大的茉莉树，我们现在是否也能把它培养出来呢？一个园林能够有一些形态特异的花木，一定会受到人们的喜爱，茉莉树肯定也会受人喜爱。当然，这是指适宜于露地栽培的地域说的。

1987 年 2 月 28 日

云想衣裳花想容

牡丹在植物学上是毛茛科植物。毛茛科大多数是草本或木质蔓生植物，唯独牡丹是小小的灌木。牡丹跟芍药可说是亲兄弟，花和叶的形态都很相像，所以古时又叫牡丹作木芍药。

牡丹的茎一般高约 2 米，在南方栽培的，高可达 3 米。叶片是不规则的二回或三回羽状复叶，长达 20~25 厘米。叶面鲜绿色，叶背有白粉，嫩时一般带红色。花单生于枝顶。萼片 5 瓣，绿色。花瓣原本也是 5 片，经过栽培，一部分雄蕊转变成花瓣，就成了重瓣花。瓣数较少的，古时称为多叶；瓣数很多的，古时称为千叶；有的花心突起，称为楼子。花后结生膏葖，内含数个肉质的大形种子。

牡丹原产甘肃、陕西等省，现在秦岭里面还有出产，正如欧阳修的《洛阳牡丹记》里所说的："丹延以西及褒斜道中尤多，与荆棘无异，土人皆取以为薪。"

牡丹最初以药用植物记载于《本草经》，到唐代才成为一种重要的花卉。《本草经》虽然托名于神农，大概是汉魏之间张机、华佗等人记录而成的，所以关于牡丹的最早记载是在公元三四世纪时代。唐段成式《酉阳杂俎》说："检隋朝《种植法》，七十卷中，初不记说牡丹，则知隋朝花药所无也。"但韦绚的《刘宾客嘉话录》说："北齐杨子华有画牡丹。"又谢康乐说："永嘉水际竹间多牡丹。"这样似乎南北朝时代牡丹就已成为观赏植物了。

　　达尔文在《动植物在家养状况下的变异》一书中说："牡丹在中国已经栽培了1400年。"从19世纪70年代上推到1400年前，那就是公元5世纪，即南北朝初年，大概他也以谢康乐的记载为准则的。

　　李白的"云想衣裳花想容，春风拂槛露华浓。若非群玉山头见，会向瑶台月下逢"等三首著名的《清平调》所歌咏的，是红、紫、浅红和白四枝不同颜色的牡丹。可见当时已经过相当时期的栽培，所以颜色方面会在原有的红色以外，出现了三种的变异。

　　　　庭前芍药妖无格，池上芙蕖净少情。唯有牡丹真国色，花开时节动京城。

　　　　　　　　　　　　　　　　　　　　（刘禹锡《赏牡丹》）

　　　　帝城春欲暮，喧喧车马度。共道牡丹时，相随买花去。贵贱无常价，酬值看花数。……家家习为俗，人人迷不悟。

　　　　　　　　　　　　　　　　　　　　（白居易《买花》）

　　从以上这些诗篇里，可以看出唐代帝都长安栽培牡丹的盛况。

　　唐代的牡丹还没有说到黄色和重瓣，也没有各个品种的名称。到了宋代，牡丹的集中栽培又转移到了洛阳，花的形色也有了很大的变异。欧阳修著《洛阳牡丹记》，记载了24个品种，有黄、红、紫、白各种颜色。例如：

　　姚黄，是一种千叶黄花，姚姓人家栽培所成，到那时还不满10年，极为稀少，每年不过几朵花。

　　牛家黄，也是一种千叶黄花，牛姓人家栽培所成，比姚黄稍小一些。

牡 丹

魏花，是一种千叶肉红色花，五代时砍柴的人从寿安山中掘来卖给宰相魏仁浦家。魏家衰落后移栽各处，一朵花的花瓣有 700 片之多。

左花，是一种千叶紫花，也叫作平头紫，因为它的花瓣是一样平的。

欧阳修从这几种花出现的先后，给我们指出了花色变异和重瓣花出现的历史。他是这样说的：

初姚黄未出时，牛黄为第一；牛黄未出时，魏花为第一；魏花未出时，左花为第一。左花之前，唯有苏家红、贺家红、林家红之类，皆单叶花，当时为第一。自多叶、千叶花出后，此花黜矣，今人不复种也。

欧阳修之后，有周师厚著《洛阳花木记》一书，列举牡丹的名色达 109 种。又著《洛阳牡丹记》（现在仅题鄞江周氏撰），记载了 46 个品种，对于每一种花的形态，描写得更为仔细。例如指出姚黄的特点是"色极鲜洁，精采射人"。魏花的特点是"面大如盘，中堆积碎叶，突起，圆整如复钟状"。

北宋亡后，四川天彭（彭县）成为栽培牡丹的中心区域。陆游有《天彭牡丹谱》，记载了天彭特有的红花 21 种，紫花 5 种，黄花 4 种，白花 3 种，还有一种特殊的碧花，叫作欧碧，一共 34 种。据说全部近 100 种，这 34 种是最著名的。当时"彭人谓花之多叶者京花，单叶者川花"，说明四川最初栽培的，还是不甚美丽的单瓣品种。

明代薛凤翔著《亳州牡丹表》，列举了神品 40 种，名品 82 种，灵品 4 种，逸品 26 种，能品 40 种，具品 75 种，共计 267 种的名称。

又著《亳州牡丹史》，描述了150余个品种的形态和习性，特别指明花芽（称为胎）的形态和颜色。这时有了绿色的"绿花"和近于黑色的"黑剪绒"等品种，色彩比宋代更多了。

后来王象晋著《群芳谱》，采录并选录欧阳修《洛阳牡丹记》、鄞江周氏《洛阳牡丹记》、陆游《天彭牡丹谱》和薛凤翔《亳州牡丹史》的品种名，共计185种。假使把所有的品种名称全部汇集起来，应有四五百种之多。达尔文说我国的牡丹有二三百个品种，不知他是根据什么记载的。

薛凤翔的《亳州牡丹史》记载一种"金玉交辉"，说是"曹州所出，为第一品"。又有"忍济红"和"平实红"两种，也产于曹州。这可见现在牡丹的主要产地菏泽，在明代就已开始栽培。菏泽栽培牡丹，跟别处栽培各种农作物一样普遍，运销各地，远达广州。广州因为天气过暖，本地栽植的牡丹不容易开花。每年都从北方运去，新春时节就可供观赏。

北京中山公园栽培的牡丹共有600多株，有一部分也是从菏泽运来的。品种有姚黄、魏紫、赵粉、昆山夜光、蓝田玉、宋白、豆绿等40多种。魏紫就是魏花，原本说是肉红色，但在欧阳修的诗里，已经叫它作"魏紫"。"赵粉"等品种名未见于清代以前的花谱中，大概是清代以来才出现的。

繁殖牡丹不外分根、嫁接、播种三种方法。分根只能选出已经发生变异的根株，没有促进变异的功用。嫁接和播种容易创造新的品种。

欧阳修说："不接则不佳……姚黄一接头，值钱五千。"这也只是保存固有的优良性状。至如鄞江周氏《洛阳牡丹记》说到"胜魏""都胜"两个品种都像魏花：胜魏比魏花颜色稍深一些，都胜

中国牡丹

比魏花大而带紫红色。它们怎样起源的呢？大概魏花嫁接在红花本上就成为胜魏，嫁接在紫花本上就成为都胜。在七八百年前，我们已经知道嫁接可以造成无性杂种，引起花色的变异，这是一种可贵的科学资料。

薛凤翔《牡丹八书》（上述《亳州牡丹表》和《亳州牡丹史》是这部书的两个部分）说："凡接花须于秋分之后，择其壮而嫩者为母。"高濂《遵生八笺》说：接穗要选"择千叶好花嫩枝头有三、五眼者"。砧木和接穗都要选择幼嫩的，这也符合米丘林所说的年幼个体本性没有固定，互相嫁接容易引起变异的原理。古人在实际经验里边，掌握了这些符合科学原理的技术，所以他们在栽培上，就获得了显著的成就。

还有一种方法，可以把牡丹接在芍药的根上。这样，因为是异种植物的嫁接，也有引起变异的可能。这样嫁接，还有一种好处，就是接穗成活以后，基部自行生根，后来芍药根死去，牡丹就会独立生活。假使地下发生新的萌蘖，更可以应用分根法来移植。这对于扩大良种的繁殖，颇为有利。

又据说可以把牡丹接在椿树上，使它成为大树，一枝牡丹，开花可达数千朵。这是远缘植物的嫁接，是否能够接活，可以试验一下，而且要进行这样的试验也很便当。

牡丹一般于开花以后，就把花梗剪去，不让它结子，免得多耗费养分，以保持年年有繁盛的花朵。但古人也早已知道应用种子来繁殖，那就必须让它结子。所用的种子，假使是经过自然杂交发育成的，当然容易引起变异。古人没有谈到这一点，但实际上一定是利用了这一点的。

薛凤翔的《牡丹八书》说：子"喜嫩不喜老，七月望后，八月初旬，以色黄为时，黑则老矣。大都以熟至九分，即当剪摘"。为什么不要用老熟的种子来播种呢？据说嫩的种子播种以后容易萌发，又容易引起花色的变异。大概种子尚未老熟，含有的养分比较少，萌发以后，势必很早就吸收外界的养分，生活条件的改变，会影响到新陈代谢的机能，这就容易引起变异了。

由于能掌握各种合于科学原理的方法，所以能够创造出很多的牡丹品种。有时候，新品种的产生显得极为迅速，如欧阳修在《洛阳牡丹图》这首诗里说：

> 我昔所记数十种，于今十年半忘之。开图若见故人面，其间数种昔未窥。客言近岁花特异，往往变出呈新枝。……只从左紫名初驰，四十年间花百变。

从培养牡丹的技术看来，我们很早已经做到了：

> 色红可使紫，叶（花瓣）单可使千，花小可使大，子少可使繁。天赋有定质，我力能使迁。
>
> （宋陈瓘《接花》）

这样的认识，跟米丘林所说的"我们不能等待自然的恩赐，我们的目的是向自然去索取"，正是所见略同。

但是说"我力能使迁"的这位作者，只是叙述别人的成就，他自己却并不相信，反而说：

> 自矜接花手，可夺造化工。用智固巧矣，天时可易欤？我

　　欲春采菊，我欲冬赏桃。汝不能栽接，汝巧亦徒劳。

这正反映了他并没有亲自培养牡丹和其他花卉，否则10年，40年，花就百变，怎么能说"巧亦徒劳"呢。

　　至于"春采菊，冬赏桃"，可惜这位作者没有生活在现代，未能一饱眼福。其实冬赏牡丹，在古代就已经有了，如明谢肇淛的《五杂俎》说：

　　　　常有不时之花，然皆藏土窖中，四周以火逼之，故隆冬时即有牡丹花。

当然把花催开，并没有根本改变花的本性，但总也是"夺造化工"的一个方面吧！

1957年3月

红药当阶翻

宋王禹偁（chēng）《红药诗序》：“芍药之义，见之《郑诗》，百花之中，其名最古。谢公《直中书省》诗云：‘红药当阶翻。’自后词臣引为故事。白少傅知制诰，有《草词毕咏［遇］芍药（初开）》诗，词采甚为该备。然自天后以来，牡丹始盛，而芍药之艳衰矣。考其实，牡丹初号木芍药，盖本同而末异也。”

所谓《郑诗》，即《诗经·郑风》，有这样的句子：

> 维士与女，伊其相谑，赠之以芍药。

谢公指南朝齐诗人谢朓，他有《直中书省》诗：其中“红药当阶翻，苍苔依砌上”一联，为人所传诵。也足见宫廷里面，当时已经栽种芍药。

白少傅指唐代诗人白居易，他那首芍药诗，有句云：

> 两三丛烂漫，十二叶参差。背日房微敛，当阶朵旋欹。钗茎抽碧股，粉蕊扑黄丝。动荡情无限，低斜力不支。

描绘芍药的姿态风韵，极为细腻生动。其他如张九龄、韩愈、孟郊等也都有歌咏芍药的诗篇。这些诗人都在天后以后，未尝不重视芍药。只是牡丹盛产于长安和洛阳，而芍药则只是各地零星栽植，相形之下，牡丹便声名特著了。宋代洛阳牡丹、扬州芍药，南北齐名，又牡丹为花王，芍药为花相，成为"花中双璧"。

又芍药和牡丹都收录于我国第一部药物学典籍《神农本草经》里，同列为中品妇科要药。《神农本草经》成书于汉魏之间，口述传抄应起源于战国、春秋或更早的时期。所以牡丹虽然没有名见《诗经》，但经人记载，是跟芍药同样久远的。

《韩诗外传》把芍药叫作离草，崔豹《古今注》有意义相同的名称：

> 牛亨问曰："将离相赠以芍药，何也？"董子答曰："芍药一名可离，将别，故赠之。"

白花芍药

《诗经》说的是戏谑相赠，这里成为将别相赠，因而出现离草和可离的别名，不知是怎样演变过来的。后来这个象征的意义，并没有流行。

宋初陶穀（gǔ）《清异录》记载芍药另一个别名婪尾春，倒是比较常用：

> 胡嵩诗曰："瓶里数枝婪尾春。"时人莫喻。桑维翰曰："唐末文人谓芍药为婪尾春者，婪尾酒乃最后之杯。芍药殿春，故有是名。"

殿春一语，也可用于牡丹，但芍药花期更晚，说它殿春，最为适当。苏州名园网师园，有部分建筑叫殿春簃（楼阁旁的小屋），就以庭中栽种芍药而命名。

木芍药一名，也首先见于《古今注》：

> 芍药有二种：有草芍药，有木芍药，木者花大而色深，俗呼为牡丹，非也。

王禹偁所说的木芍药，是牡丹的别名。唐代也叫牡丹为木芍药。而这里的木芍药，却指开深色花的芍药。后来李时珍说，木芍药有两种意义，一指牡丹，一指红花的芍药。所谓红花的芍药，就是普通的芍药。但是为什么叫它作木芍药，却难以作什么说明。

普通芍药原产我国甘肃、陕西、山西、河北、内蒙古以及蒙古、西伯利亚等地，生于山坡草地间。茎高可达80厘米，二回三出复叶，小叶片披针形至卵圆形。花顶生和腋生，径达10厘米，花瓣9~13枚，白色或粉红色。

草芍药分布区域比较广，南至江西、安徽，西至贵州、四川，北至西伯利亚，东至东北以及朝鲜和日本。株形稍小，高达60厘米。茎上部三出复叶，下部二回三出复叶，小叶片阔椭圆形或倒卵圆形。花顶生，形状稍小，径达9厘米；花瓣6枚，白色。

宋代记载芍药的，有谱三种：一是清江人刘攽（贡父）撰的《芍药谱》，收录在祝穆的《事文类聚后集》里面。神宗熙宁六年（1073），刘攽到广陵，正是四月芍药花盛开的季节，他邀集友人观赏，把见到的31个品种，分为7等，记载下来，成为这谱。原本有画工描绘的附图，现已遗失。清代刻本，也有把书名叫作《维扬芍药谱》的。

二是如皋人王观（达叟）于熙宁八年（1075）到扬州做官，也写了一部《芍药谱》（后人也叫它作《扬州芍药谱》），大体依照刘谱次序叙述，另增加8种，不分等级。序文讲述栽培方法，《后论》指出"花之名品，时或变易"，符合科学原理。

三是新喻人孔武仲（常甫）撰写的《芍药谱》，收录在吴曾《能改斋漫录》里面，记载33个品种。大概也有附图，陈振孙《书录解题》记录《芍药谱图序》一卷，应该就是这本书。

依照三家记载的各个品种，就花色而论，有黄、红、紫、白四色，当然深浅不一，或是一瓣二色的。就花态而论，有冠子（平盘形）、楼子（高耸形）、缬子（中心花瓣细碎）、鞍子（边缘花瓣下垂）等，更有双头并蒂或三头并蒂的，富丽娇艳，可与牡丹媲美。

现在栽培芍药，以北京丰台和山东菏泽为最盛：丰台以观赏为主，菏泽以药用为主。有墨紫色品种，大概是明清时代才出现的。

南宋杨万里有一首《芍药》诗，讲到用纸来盖花房，是有关温室的一则资料，不妨读一读这首诗：

> 何以筑花宅？笔直松枝子。何以盖花房？雪白清江纸。纸
> 将碧油透，松竹画栋峙；铺纸便作瓦，瓦色水晶似。金鸭暖未焰，
> 银竹响无水。汗容渍不湿，晴态娇非醉。尽将香世界，关作闲
> 天地。风日几曾来，蜂蝶独得至。劝春入宅莫归休，劝花住宅
> 且少留。……

取松枝和竹竿来搭屋架，把洁白的清江纸浸透了油，代替瓦片。火
炉没有烟尘，却很暖和；只听见雨打竹的声响，水滴并不飘下来。
花朵好像出了汗，却并不润湿；天晴了，花容娇艳似醉。这个香的
世界，被关闭成一个悠闲的天地。风和太阳未能直接进来，蜂和蝶
却会闻香而至。奉劝春光，既然来了，就此住下吧！再劝花儿，你
也暂且留下来吧……现在我们已有玻璃结构的宽敞完善的温室，我
们对温室的感受，却没有杨万里这样深刻，诗人的思维和想象，多
么灵敏丰富啊！

　　大家都知道，北京中山公园有一唐花坞，"唐花"是什么意思呢？
"唐"原来应该写作"煻"，煨火的意思；也写作"堂"，表示催成
的花，供殿堂陈设之用。后于杨万里的周密，在《齐东野语》中说：
"花之早放者曰堂花，其法以纸饰密室，凿地为坎，绠竹置花其上，
粪以牛溲硫黄，然后置沸汤于坎中，汤气熏蒸，盎然春融，经宿则
花放矣。"这写得更为具体，只是缺少诗意了。

1987 年 2 月 18 日

能共牡丹争几许

蜀葵我们乡下俗名舌其花，幼小时不了解这个名称的意义，却觉得奇怪而有趣，因而很喜欢观赏它。现在有的书里叫它作熟季花或蜀季花，也看不出有什么意义。郝懿行《尔雅义疏》说："京师呼秫稭花，登莱又呼秫秸花，并蜀葵之声相转耳。"这个解释很好，原来舌其花等等，都是各个地方对蜀葵二字读音所作不同的记录。

《尔雅》记载："菺，戎葵。"晋郭璞注："今蜀葵也。"它原产西亚和南欧，大概公元前就从陆地传入我国，甘肃、四川等地最先栽培，所以有戎、蜀的名称。也有人说是我国原产。郝懿行认为："戎、蜀皆大之名，非自戎、蜀来也。或名吴葵、胡葵，吴、胡亦皆谓大也。"因为它形体比锦葵等大，这也可备一说。

蜀葵是多年生草本，茎直立，一般没有分枝，高可达3米，所以俗称一丈红。叶互生，叶柄长6~15厘米；叶片圆心脏形，5~7浅裂，锯齿缘，径6~15厘米。花单生于叶腋，从茎中部到茎梢排列成总状花序。花柄短，小苞片阔披针形，6~9枚，附生在萼筒外面；萼片5枚，卵状披针形，与小苞片同样基部联合。花瓣5枚，矩圆形或扇形，边缘波状皱缩，或有浅齿，多重瓣，花径8~12厘米。雄蕊多数，花丝互相结合，包围花柱。花柱细长，突出于雄蕊之上。蒴果扁圆形，种子圆肾脏形。

蜀葵

晋代崔豹《古今注》说："花似木槿而光色夺目，有红，有紫，有青，有白，有黄。"郝懿行认为蜀葵并无黄花，"黄者名黄蜀葵，叶如龙爪"。这所谓黄蜀葵，便是秋葵。是另一种葵花。现在叙述蜀葵颜色，也有说到黄色的，只好留待证实。

李时珍《本草纲目》说蜀葵"有深红、浅红、紫、黑、白色，千叶、单叶之异。昔人谓其'疏茎密叶，翠萼艳花，金心檀粉'者，颇善状之"。这是重瓣蜀葵最早的记载。

王象晋《群芳谱》记载的品种更多：

> 可变至五、六十种。色有深红、浅红、紫、白、墨紫、深浅桃红、茄子、蓝数色。形有千瓣、五心、重台、重叶、单叶、剪绒、锯口、细瓣、圆瓣、重瓣数种。五月繁华，莫过于此。

对花形和花瓣的描写比较具体，但不免有重复之处，如千瓣、重叶、重瓣，只是重瓣一种；墨紫和茄子，色彩也相差不远。但能记录下如此众多的品种，是有一定价值的。

现在栽培的重瓣蜀葵，据说有两种不同的花型。一种是牡丹型，与扶桑相似，花朵大，花瓣皱缩紧密，色彩鲜艳。另一种为菊花型，有似托桂的菊花，外部是一轮大花瓣，中间攒簇多数小花瓣。仅见记载，不知哪里有栽培。

李时珍和王象晋都盛称蜀葵花美丽。唐代诗人陈标曾用它来与牡丹相比较，并希望人不要因为很常见而看轻它。

> 眼前无奈蜀葵何，浅紫深红数百窠。能共牡丹争几许，得人轻处只缘多。

南朝宋颜延之，曾推它为"冠冕群英"。梁王筠也说它"迈众芳而秀出"。前述晋代崔豹《古今注》也说它"光色夺目"。蜀葵受人爱好，有悠久的历史。

繁殖以播种为主。幼苗蹠地丛生，第二年即抽茎开花。花后茎枯萎，另生幼苗，越年继续开花。多年以后，生机衰退，可分株更新。

蜀葵也供药用。唐陈藏器最初以"吴葵"的名称著录于《本草拾遗》，北宋掌禹锡的《嘉祐本草》重出"蜀葵"条；李时珍《本草纲目》把它们合并在一起。根、茎、叶、花和子都能解热，利肠胃，研傅金疮。幼苗可作蔬菜，茎皮也可沤麻。在欧洲，16世纪就用它的深紫色花瓣的色素作饮料着色剂。吴其濬说："记儿时在京华，厨人摘花之白者，剂以面，油灼食之，甚美。"

蜀葵是阳性植物。南宋爱国诗人谢翱有一首《种葵葡萄下》的诗，正确地写出它喜爱阳光的习性。

戎葵花种葡萄下，年年叶长见花谢。葡萄渐密花渐迟，开时及见葡萄垂。……花神夜泣向天诉：谢尔葡萄数尺阴，不如寸草同此心。

葡萄架下的蜀葵每年都是叶快枯萎，花才开放，遮阴愈密，花期愈迟。于是花神不禁向天控诉了：谢谢你葡萄这一片小小的遮阴，不要认为小草跟你是一个想法的。出于花神口里的话，却是符合科学原理的。

1986年2月

维尔莫欧石楠

葵和向日葵

向日葵不是我国古代所说的葵。有关葵的种种古代的故事和出典，与向日葵都没有关系，把它们牵扯在一起，可以说是常识性的错误。例如有人这样说："葵花总是朝着太阳转……古人早就注意到向日葵这种特性，并将它跟信仰联系起来赞颂。《淮南子》曰：'圣人之于道，犹葵之与日。'"《淮南子》是公元前2世纪的著作，所说的葵并不是向日葵。

"葵之与日"的葵是我国古代一种重要的蔬菜植物，习称为葵菜。又以生长时期不同，分别叫作春葵、秋葵和冬葵。《诗经·豳风》已有"七月烹葵及菽"的记载。北魏贾思勰的《齐民要术》对于葵更有详细的叙述。现在南北各地也还有少量栽培，苗供蔬菜用，种子叫作冬葵子，供药用。

葵是锦葵科植物，与锦葵同属，形性也相似。二年生或一年生草木。苗期叶片蹋地生，初夏抽茎高半米余，互生带圆形呈5~7掌状浅裂的叶片。花小，簇生于叶腋，淡红色。

同科植物，除了锦葵以外，还有蜀葵和秋葵（与葵菜的秋葵同名），也是常见的观赏植物。

《左传·成公十七年》："仲尼曰：'鲍庄子之智不如葵，葵犹能卫其足。'"所谓"卫其足"，是说葵的叶片能够遮住茎的基部，好像在保护它。植物的叶片总是叶面正对太阳光，以便接受最多的光量，使有利于进行光合作用。像葵这样的植物，茎直立，从下到上，都生叶片，叶片向日倾斜，影子便照到地面，遮住茎的基部。不过，多数植物都是这样，只是古人特别注意到葵的这一习性罢了。

由于葵的叶片总是倾向太阳，古人便认为葵与太阳有特殊的关系。除了前述《淮南子》这一句话以外，后来，曹植也说："若葵藿（豆或豆叶）之倾叶，太阳虽不为之回光，然向之者诚也。"还有杜甫的诗句："葵藿倾太阳，物性固莫夺。"但这里应该注意，曹植说的是"倾叶"。

秋葵也叫黄葵，因为它的花是黄色的。《说文》："黄葵常倾叶向日，不令照其根。"这跟描写葵的习性相同。秋葵花大色美，也就有人注意到它的花的向日性，如下面的诗句：

花开能向日，花落委苍苔。

（唐戴叔伦《叹葵花》）

黄花冷淡无人看，独自倾心向太阳。

（宋刘敞《黄葵》）

旧《辞源》对葵的解释是：

蔬类植物，如兔葵、楚葵、凫葵之类。楚葵即芹，凫葵即莕。又向日葵、蜀葵、秋葵，皆草名；蒲葵，乔木名。

列举七种葵名，单单没有说明葵是怎样一种植物，也就是没有说明葵的本义。其中两种是葵的同类，五种都是虽有葵名，实际并不是葵。

芙蓉葵

　　《现代汉语词典》释葵为"指某些开大花的草本植物：锦葵、蒲葵、向日葵"。错误与旧《辞源》相同。而且锦葵花并不大，"开大花"云云，不能概括这三种"葵"的通性。

　　新《辞海》对于葵的解释是：

　　　　① 植物名，即冬葵，为我国古代重要蔬菜之一……

这说明了葵的本义，是正确的。

　　　　② 俗亦指向日葵、蜀葵等，参见"葵倾"。

"俗亦指……"这样的说法，也比前述二书正确。但"葵倾"出典在葵，所以"参见'葵倾'"四字，宜移置①项。《葵倾》条云："葵花向日而倾，比喻向往渴慕之忱……"这里没有说明"葵倾"原本是指"倾叶"，而"葵花向日而倾"是后起的意义，因而这个解释是不够全面的。

　　新《辞源》对葵字的释义是：

　　　　①菜名。蔬用，子名冬葵子……

这与新《辞海》同样正确。

　　　　②菊科草本植物，有锦葵、蜀葵、秋葵、向日葵等……

这是把《现代汉语词典》的"某些开大花的草本植物"改写成为"菊

科草本植物"，把原来的逻辑性错增加一层植物分类学上的科学性、常识性错误，作为一部重要的工具书，未免是一不应有的缺憾。还有"葵心"和"葵倾"条，与新《辞海》的"葵倾"条相同，也解释得不够全面。

旧《辞源》列举的 5 种不是葵而以葵为名的植物，"楚葵即芹"以及蒲葵应是人所熟知的；向日葵留到后面再谈。这里对兔葵和"凫葵即茆（máo）"补充说明一下。

兔葵又叫菟（tú）葵，见于《尔雅》。刘禹锡那首"前度刘郎今又来"的《再游玄都观》诗的引语中就提到兔葵，他说："荡然无复一树（指桃花），唯兔葵、燕麦动摇于春风耳。"现代植物学者以毛茛科中一类贴地生的小草为兔葵，与刘禹锡所描述的"动摇于春风"的神韵不甚相符。究竟是怎样一种植物，值得进一步推究。

所谓"凫葵即茆"，茆的名称见于《诗经·鲁颂》的"薄采其茆"。它就是晋代张翰"见秋风起，思吴中菰菜羹、鲈鱼脍"的蓴（pò）菜（莼菜）。蓴菜与葵，形态和生态都没有相似之处，叫它作凫葵，大概是煮熟以后，与葵同样柔滑，而且又是水生之故。

其他以葵为名的植物还有蘳（zhōng）葵，与楚葵一样，名称也早见于《尔雅》，在《本草》书里，又叫它作落葵。蔓生，供蔬菜和药用。防葵，与芹菜同为伞形科植物，形态也相似，供药用。龙葵，茄科有毒植物，也可供药用。

以上各种，都是我国固有的植物，所以古代文献对它们都有记载。而向日葵，是美洲原产的植物，1510 年才输入西班牙，作为观赏植物，种植在马德里的植物园里。输入我国，尚未知确实年代。王象晋的《群芳谱》，成书于 1621 年，他在叙述蜀葵、锦葵等植物以后，附录一则《西番葵》，内容如下：

西番葵茎如竹，高丈余。叶似蜀葵而大。花托圆二三尺
（？），如莲房而扁，花黄色。子如蓖麻子而扁。孕妇忌经其下，
能坠胎。

又在菊花后面，附录一则《丈菊》：

丈菊一名西番菊，一名迎阳花。茎长丈余，干坚粗如竹。
叶类麻。多直生，虽有傍枝，只生一花，大如盘盂，单瓣色黄。
心皆作窠如蜂房状，至秋渐紫黑而坚。取其子种之，甚易生。
花有毒，能坠胎。

这两则记载，标题不同，其实讲的都指向日葵。大概那时传入
我国时间不久，对它觉得新奇，因此会有"能坠胎"这样神秘的看法。
迎阳花一名，可说与向日葵意义相同，但不够通俗，所以没有流行。
丈菊和西番菊这两个名称，指出它属菊科植物，是有科学意义的。

60余年后，陈淏子于1688年著《花镜》一书，才最初使用向日
葵这个名称：

向日葵一名西番葵，高一二丈。叶大于蜀葵，尖狭多刻缺。
六月开花，每干顶上只一花，黄瓣大心。其形如盘，随太阳回
转：如日东升则花朝东，日中天则花直朝上，日西沉则花朝西。
结子最繁，状如蓖麻子而扁。只堪备员，无大意味，但取其随
日之异耳。

《广群芳谱》成书于1708年，后于《花镜》20年，却没有采用

向日葵

向日葵这个新的名称。

新《辞源》缺向日葵这一条目，想必是认为旧《辞源》对这一条是采用现代的新资料，不符合"收词止于鸦片战争"的体例，故而把它删了。向日葵现在已成为一种重要的油料作物，有巨大的经济价值。输入我国最迟应在17世纪初年，而"向日葵"这个名称，则在鸦片战争前150多年早就有了。不收这一条目，应是一种疏忽。

再重复一遍，向日葵是17世纪初期输入我国的，在此以前，有关葵的种种记载，都与它无关。我们如果把那些记载转嫁到它身上，那是名物混淆，指鹿为马。至于向日葵花盘大，跟着太阳旋转的现象特别显著，因而给予它一种与葵相同的象征意义，也未尝不可。但这是古义新用，不应误认作就是古代所说的"葵倾"。

1982年6月初稿，1986年10月修改稿

石榴半吐红巾蹙

苏轼有一首《贺新郎》词，《宋六十名家词》给它加了一个长长的题目，说明这首词的本事。它的下半阕是这样写的：

> 石榴半吐红巾蹙。待浮花浪蕊都尽，伴君幽独。秾艳一枝细看取，芳意千重似束。又恐被秋风惊绿。若待得君来向此，花前对酒不忍触。共粉泪，两簌簌。

我们不去探索这首词的本事是什么，寓意怎样，来一个突出重点，断章取义，这半阕应看作是一段很好的描绘石榴花的文字。

石榴花外有瓶状的花托，口缘是几枚厚实的萼片，护卫着几片或一丛微现皱缩的花瓣，那样子的确是一簇半隐半现的揉熟的红巾。春花都已凋谢的时令，它来陪伴感到寂寞的人了。鲜艳浓重的色彩，值得深深爱惜，多数雄蕊和花瓣簇拥在一起，多么情深。这把石榴花的神韵都显示出来了。所以俞平伯说："'秾艳一枝'句与上'红巾蹙'句，并深得形容之妙。"但不免担忧，到了秋天，便将花谢而只剩绿叶。即使盼得离人回来共同观赏，却也不敢去触动它，深怕花瓣跟眼泪一样的落下来。这结尾的思想情感是只有旧时代才有的，花谢花落是常事，何必用眼泪来形容它呢！

石榴原产近东和中亚，是一种古老的果树，著名的巴比伦空中

石 榴

花园已有栽培。在我国，相传是张骞从安息国带回来的，所以最初叫作安石榴。石榴花色美丽，尤其是重瓣品种，烂漫满树，而且花期长，适于作为观赏植物。这样，石榴就有果石榴和花石榴两大类。

《群芳谱》记载，花石榴有：

> 饼子榴，花大，不结实。
> 番花榴，出山东，花大于饼子。

这两种都没有说明颜色，想必是红色的。另有：

> 千瓣白、千瓣粉红、千瓣黄、千瓣大红；
> 重台，色更深红；
> 黄榴，色微黄带白，花比常榴差大。

这种黄榴大概是单瓣的，与前面的千瓣黄不同。《花镜》记载：

> 有并蒂花者，又有红花白缘、白花红缘者。

现在，北京称红色重瓣石榴为红穿心花，白色为白穿心花，红白相间为杂色穿心花。又有黄色的叫殷红花，"殷红"原本是"深红"的意思，这里却作"黄色"解，宜注意。黄瓣红白边叫古铜锤。花径都可达8厘米。

河南鄢陵还沿有千瓣白和千瓣红的名称。

看来花石榴的品种，不论过去和现在都不甚多。而且不像牡丹、菊花，等等，每一个品种都有一个经人精心构思而成的适切的名称，

石榴

却只是直接应用颜色和花瓣数等来命名，显得并不重视。现在花石榴有多少品种，应该怎样命名，是花卉园艺工作者可以调查研究的一件工作。

《群芳谱》还记载：

> 海榴，来自海外，树高二尺。
> 火石榴，其花如火，树甚小，栽之盆，颇可玩。
> 四季石榴，四时开花（秋）结实，实方绽，旋复开花（果实生了，接着又开花）。

现在对盆栽的小石榴总称为四季石榴，也叫月季石榴或月月石榴。它有重瓣花的花石榴和单瓣花的果石榴两类（果石榴也只供观赏用，味酸不可食）。《群芳谱》里的海榴和火石榴可以看作是同一品种的两个名称，就是现在小石榴中的花石榴；而四季石榴则是现在小石榴中的果石榴。还有一种果实近于黑色的，特称墨榴，较为稀少而珍贵。

在北京，石榴不能露地越冬，都种在木桶里，便于冬季贮藏在地窖里。株高仅 2 米余，树龄却有 100 或 200 年的。果石榴同样栽培供观赏用。

河南鄢陵可以露大栽培，株高能有 4~5 米。南方各地可以长成为更大的树。

花石榴花期长，从端午到 10 月，有半年之久。在南方，冬季也能开花。成长快，又容易繁殖，是绿化美化环境绝好的树种。过去是庭院间常见的一种花木，现在城市的园林、街道间，可注意广泛栽植。

1984 年 2 月

叶疏疑竹花似桃

明代朱橚的《救荒本草》（1406）说凤仙花"一名夹竹桃"。《群芳谱》给它作了说明："叶长而尖，似桃柳叶，有锯齿，故又有夹竹桃之名。"只说叶"似桃柳"，并没有提到竹，叫它作"夹竹桃"很勉强，所以凤仙花这个别名，现在已不通用。

真正的夹竹桃，元代李衎《竹谱详录》（1299）已有记载："夹竹桃自南方来，名枸那异，又名枸拏儿。花红类桃，其根叶似竹而不劲。足供盆槛之玩。"南宋范成大《桂海虞衡志》有枸那花："叶瘦长，略似杨柳。夏开淡红花，一朵数十萼，至秋深犹有之。"大概当时还没有"夹竹桃"的名称，而且只栽植在南方地区。清代初年周亮工《闽小记》引曾师建《闽中记》："南方花有北地所无者……茉莉、俱那异，皆出西域。盛传闽中俱那卫，即俱那异，夹竹桃也。"从枸那花到俱那卫这五个夹竹桃的别名，应是同一西域名称的几种不同的译音，但不知原名是哪一种语言。

明代末年，王世懋《学圃杂疏》（1587）说："夹竹桃与五色佛桑（扶桑）俱是岭南北来货。夹竹桃花不甚佳而堪久栽，佛桑即谨护必无存者。"从范成大、李衎到王世懋将近300年，而夹竹桃仍然是"岭南北来货"（从岭南运到北方来的花木），大概与它不甚耐寒的习性有关。不过与扶桑相比较，它在王世懋家乡江苏太仓是能够越冬的，所以王世懋说它"堪久栽"。

夹竹桃

王世懋有三首歌咏夹竹桃的五言律诗，说："名花逾岭至，嫣（yī）娜自成阴。""叶不迎秋坠，花仍入夏齐。""布叶疏疑竹，分花嫩似桃。"描绘它的形态习性，逼真而深得神韵。

夹竹桃是常绿灌木或小乔木。树皮灰色，嫩枝绿色。叶革质，3~4枚轮生或2枚对生；狭披针形，长11~15厘米，边缘微微反卷，基部收缩成短柄状；中肋显著，侧脉平行；浓绿色，下面淡绿色。

初夏至晚秋花开不绝。聚伞花序；花冠漏斗状，深裂为5瓣，多重瓣花，粉红色或白色；香气强烈，不甚好闻。雄蕊生在花冠喉部，花药黏合，包围柱头。偶或结生蓇葖果，长可达20厘米。种子顶端生黄色纤毛。

一般都栽培成灌木丛。如果单株栽植，可成5~6米高的小乔木，亭亭独立，应比矮生的小灌丛更为可观。《群芳谱》说："温、台有丛生者，一本至二百余干，晨起扫落叶盈斗。"在街心和园林空旷处，如此大丛栽植，当然也好。

寒冷地域，夹竹桃不能露地越冬，必须盆栽。在北京，对盆栽夹竹桃有传统的"三叉九顶"整枝法，即茎高将近1米时，剪去茎梢，使生三条分枝，这是主枝，也便是"三叉"。第二年剪去主枝枝梢，使每一主枝都生3~4条小枝，这便是"九顶"。九顶同时着花，烂漫可观。

夹竹桃对有害气体如二氧化硫、氯气、氟化氢等有很强的吸收能力和耐性，又能吸附灰尘，有清洁空气，减轻污染，美化环境的作用，是工厂绿化的重要树种。繁殖以插条为主。

夹竹桃是有毒植物，不可用作饲料，但可作杀虫剂。有毒成分是夹竹桃甙等，有显著的强心作用。把叶片研成粉末，每次服0.1克，日服3次，可治心力衰竭。树皮可作纺织原料。

　　《广群芳谱》收载北宋李觏的一首诗，题为《弋阳县学北堂见夹竹桃花有感而作》：

　　　　暖碧覆晴殷，依依近水栏。异类偶相合，劲节何能安？同时尽妖艳（桃），无地容檀栾（竹）。移根既不可，洁心诚为难。外貌任春色（桃），中心期岁寒（竹）。正声尚可听，谁是伶伦官（伶伦，古代乐官，黄帝曾让他截竹吹奏）。

这首诗是说竹与桃生长在一起，"异类偶相合"，而且桃树把竹完全包围住（夹住）。李觏是一位教书先生，有点儿道学气味，他认为桃花妖艳，竹子清劲，清劲沾染了妖艳，便写成这首带点感慨的诗。《广群芳谱》的编者，把题目里的"夹竹桃花"字样，看作是"夹竹桃的花"，就错误地把它作为夹竹桃的文献。其实依据诗意，这四个字应理解为"夹竹的桃花"，是指竹和桃两种植物。李觏时代，中国还没有"夹竹桃"这种植物，也没有"夹竹桃"这个植物名称。

1984 年 5 月

夹竹桃

濯清涟而不妖

　　讲到荷花，便记忆起幼年时爱玩盆荷的情景。盆栽的荷花，花儿并不多；但从初种时起，看它那浮在水面的小小"荷钱"（小荷叶），便已十分可爱。把荷钱揿下水去，叶面现出丝绒似的白光；放了手，它随即倔强地露出水面，一点水湿也不会沾着。假如把水滴上去，叶面就出现一个个灵活地滚动的亮晶晶的小水珠；小水珠多了，便汇合成一个大水珠。大水珠没有小水珠那样圆整灵活，叶片无法承担它的重量，便从叶缘流去。后来生出较大的叶片，亭亭地直立水上，因为叶片中心稍稍凹陷，滴上水去，不再能形成小水珠，而只是全都聚集在中心。等到重量无法承受时，叶片自然倾侧，水就流去。假如用小勺斟起水来，缓缓地倾泻叶上，那就水珠四散，仿佛是"大珠小珠落玉盘"了。

　　还有那多刺的叶柄，把它折成几分长的一段一段时，有细丝会让它们连在一起，好像一串佛珠。或是单单折取一长段，因为里面有管状空隙，插入水中，可以吹出水泡。

　　荷花为什么要生不沾水的叶片和多刺中空的叶柄呢？这该用科学的道理来解释。

　　用植物学的眼光来看，荷花的一切构造，都是为的适应水中生活。它有根状分节的茎，横卧水底，节上生根，梢头几节，肥大成藕。内部也有数条管状空隙，和叶柄、花梗的管状空隙相通，便于流通

白睡莲

空气。不然，埋没水底，就难免窒息了。把藕折断，也有抽不断的细丝，俗语"藕断丝连"，便由此而来。细丝是它体内运输营养液的一种导管，即螺纹导管的外壁。藕所以肥大，因为它含有多量淀粉，便于渡过寒冬，到来年春天再萌发新芽。因此荷花不必专靠种子来繁殖。

荷叶从地下茎的节上生出，初生时，叶片卷曲呈梭子状，侧向，下半紧贴叶柄。展开以后，叶柄就位于叶片下面的中心，成为伞形。春季初生的荷钱，因为叶柄细弱，不能直立，所以只能浮在水面。叶色翠绿，上面看似平滑，其实密生着无数细毛。一般植物，气孔都生在叶片下面，下面少受阳光照射和风的吹拂，空气出入时，水分损失较少。荷花一类水生植物，不愁水少，但叶片下面贴近水面，气孔容易堵塞，所以都生在上面，而上面也要防止雨水来堵塞它，这就是密生细毛的缘故。开头讲的叶面滴水的游戏，也可算是一种粗浅的科学实验。如果借助放大镜等器械作进一步观察，那就更好。至于叶柄生刺，那是显而易见的，是为了防御动物食害。

荷花也从地下茎的节上生出，往往一花一叶并生。叫作"藕"，就是花叶成双，就是"偶"的意思。花梗的形状和构造，完全和叶柄相同。萼片形小，早落，不常为人注意。花瓣通常16片，外方几片形大而色淡。专供观赏的品种，花大而瓣多。雄蕊多数，环生在杯状花托的下面。花托上面呈蜂窝状，雌蕊就分别生在这些窝内；花柱短小，柱头分泌黏液，便于受粉。

花谢以后，花托长大，成为莲蓬，也叫莲房。莲蓬里面一颗颗的莲子，就是子房发育成的果实，外面黑色的硬壳是果皮。中药铺出售的"石莲子"，是带壳的整个果实；南货店出售的莲子，壳已剥去，那是种子了，可吃的部分是两片肥厚的子叶。子叶之间有绿色的幼芽，俗称莲心，味苦。在植物界中，像莲心这样在种子里面就已经有发育完全的绿色幼芽，那是少有的。莲蓬组织疏松，干枯以后，浮水不沉，当它野生的时候，有随水漂流、散布种子的作用。在植物学上，经常被引用为说明植物利用水力散布种子的例子。

荷花以淡红色的为最常见，白色的也多。紫色和杂彩的比较少。专供采藕或采莲子充作食用的品种，以白花的为佳。供观赏用的，有千叶红、千叶白（叶指花瓣）、墨荷、锦边莲等品种。寻常的荷花都是花梗顶上只生花一朵。有所谓并头莲的，花托分裂为二，宛似两朵花并生在一起。还有三裂的叫作一品莲，四裂的叫作四面莲，都很少见。又有所谓重台莲的，是花托上部又生一个花托而成的。

《尔雅》一书，在2000多年前，已对荷花的各个部分都赋予一个名称，显然当时对它的观察已经相当仔细。我们不妨用现代的植物学知识来把它分析说明一下：

荷，芙渠　郭璞注："别名芙蓉，江上呼荷。"这是总名，一共3个，"芙渠"一名，现已少用。

其茎茄　"茎"是叶柄和花梗，现在已不用"茄"这个名称。

其叶蕸　"蕸"与"茄"相同，过于古奥，现已不用。

其本蔤　郭注："茎下白蒻在泥中者。"这"蔤"或"白蒻"是地下茎没有肥大成藕的部分，称它为"本"，是茎的意思，倒很正确。

其华菡萏　"华"是古"花"字，就是说，荷花叫作菡萏。有人解释作未开的荷花，也已通行。

其实莲　郭注："'莲'谓房也。"就是说莲是莲房，即莲蓬。但现在已通行把莲作莲子解。

其根藕　这一句似应在"其本蔤"之前。把它当作"根"，是

·117·

错误的，当然我们不能用现代的眼光去要求古人。至于真正的根，却漏而未说。

其中的 郭注："莲中子也。"这是指整个带壳的莲子，即果实。至于去壳的莲子，即种子，则没有特定的名称，与现在把两者混称为莲子相同。

的中薏 郭注："中心苦。""薏"是"中心苦"的绿色幼芽，这样，对可供食用的子叶，也缺少一个名称。

比《尔雅》时代更早的《诗经》，已经说到："隰（xí）有荷华。""彼泽之陂，有蒲与荷。"好像还是描写野生的状态。屈原《离骚》说："制芰荷以为衣兮，集芙蓉以为裳。"想必当时楚国已经盛产荷花，而且已有栽培。荷花繁生于较为温暖的地方，所以讲到荷花，往往提起江南。例如那首有名的汉乐府："江南可采莲，莲叶何田田。鱼戏莲叶东，鱼戏莲叶西，鱼戏莲叶南，鱼戏莲叶北。"就是写的江南景色。

荷花与佛教有密切的关系，例如佛坐以莲花为饰，叫作莲坐。修行人埋葬处，往往传说发生莲花等都是。宋代周敦颐那篇有名的《爱莲说》，说莲"出淤泥而不染，濯清涟而不妖"，就有点佛教思想的痕迹，这也可以算作宋代理学家沾染佛教哲学影响的一个旁证吧！

1935 年 5 月，1981 年 4 月修改

昙花一现

1942 年在永嘉的时候，11 月 3 日，农学家先进王亩仙氏曾以上一晚开过了的昙花一朵见贻，这是我第一次见到昙花实物，直到现在，也还是唯一一次见到。当时为了便于日后参考，曾作记载如下：

花未开及开过了而闭合时呈鹅头形。筒部细长，呈花梗状，中央弯曲，喉部向上。表面草红色，子房下部微绿。筒部外方疏生短小的鳞叶，上端渐密而长，喉部外方有二、三层，共 10 余片，长阔而色淡，呈萼状。内部为花瓣，白色微绿，共约 20 片。愈在内方的愈阔而薄，倒卵形，梢端尖，微有尖尾。脉纹直。微呈绉纱状。

雄蕊多数，有上下二组，下组散生于筒部弯曲处至喉底；上组自喉底骈列于四壁，至口部而离生；上下两组着生的最短距离为 3.5 厘米。花丝嫩白而细——生在腹侧的较短，上组生在腹侧的向上弯曲。药淡黄色，直生，朝向腹侧；花粉球形。

子房下位，一室，侧膜胎座，合多数倒生胚珠，扁豆形而薄，珠柄细长。花柱细长，嫩白色，中空；顶端分裂成 14 条，即为柱头，有的梢端更分裂为二；颇似海葵或乌贼的触手，长约 1.5 厘米，嫩黄色。

全花长 31 厘米，花瓣长 6.7 厘米，阔 3~3.5 厘米，……

　　当时为了便于观察，把这朵花对剖为二半，观察以后，压制成腊叶标本，到现在还保存着。

　　当天下午，到王氏府上看了开过花的植株，原来是一丛高 60 多厘米的仙人掌科植物。茎直立，木质化而细，枝扁平呈叶片状，绿色，中肋坚厚，边缘波曲，花生在凹进的部位。王氏说，见过记载，知道它的学名，可惜书籍疏散在乡下，不查书，说不上来了。

　　现在上海也有人栽培了，当作珍奇植物，屡见新闻报道。我手头也有了书籍，查得学名是 *Epiphyllum oxypetalum* Haw. syn. *phyllocactus grandis* Lem.。原产于墨西哥。1910 年传入台湾，他们叫它作"月下美人"，倒是一个形象化的名称。闽粤等地，也早有栽培，福建俗名"十二点花"，大概因它在晚上开花而得名。上海天气冷，冬季须有温室保养。

叶花昙花

在台湾等地，从 6~11 月，可开花三四回。每晚 8 时开放，到黎明前 4 时萎谢。经过蛾类传粉或人工授粉，能结生浆果。成熟时，大如鸡卵，椭圆形，鲜红色，味甜可食。内含多数黑色种子，播种时也能发芽，但生长缓慢，不及折枝扦插，较为便利。花瓣也可供食用。

我们对于昙花所以感到兴趣，是因为大家都知道过去有那句"昙花一现"的成语。昙花是简称，它的全名叫作优昙钵华或优昙华，见于《法华经》："佛告舍利弗，如是妙法，如优昙钵华，时一现耳。"这所谓"一现"，不仅指它开花的时间极短，还指它是难得开花的，"时一现耳"，便是"偶然开一回花"的意思。所以《南史》说："优昙华乃佛瑞应，三千年一现，现则金轮出世。"

《法华经》没有说明昙花的形态，它究竟是怎样一种植物，不容易考察。依据《一统志》所说："优昙钵出肇庆府，似琵琶，无花而实。"那么是属于无花果一类的。《辞源》便依据这一说，云："优昙华，梵语花名，亦名优昙钵华，为无花果类。产于喜马拉耶山麓及德干高原、锡兰等处。干高丈余；叶有二种，一平滑，一粗糙，皆长四五寸，端尖。雌雄异花，甚细，隐于壶状凹陷之花托中。……花托大如拳，或如拇指，十余聚生，可食而味劣。"这一说假如确实，那么昙花也是年年开花的，只因为它是隐头花序，古代的印度人便无从观察到它的花了。

又据《梁书·波斯国传》云："国中有优钵昙花，鲜华可爱。"那是一种花朵美丽的植物，与《一统志》所说，完全不同。《云南志》便依据这一说，云：

优昙花在安宁州西北十里曹溪寺右，状如莲，有十二瓣，

闰月则多一瓣，色白气香，种来西域，亦娑罗花类也。后因兵
燹伐去，遂无其种。今忽一枝从根旁发出，已及拱矣。

同书另有和山花、娑罗花两则记载，似指同一种植物：

> 　　和山花树高六、七丈，其质似桂，其花白，每朵十二瓣，
> 应十二月，遇闰辄多一瓣。俗以为仙人遗种，在大理府上关和
> 山之麓，土人因以其地名之。
>
> 　　娑罗花在会城土主庙，其本类大理府和山花。佛日盛开，
> 其色白，微带黄意。异香芳馥，非同凡花臭味。中出一蕊，如
> 稗穗，垂出瓣中，每朵 12 瓣，遇闰辄多一瓣。相传高僧以二念
> 珠入土，一珠出此树云。

从这三则文字考察起来，那是一种木兰科植物。日本人曾以北
美原产的洋玉兰当作优昙华，显然是错误的。因为它应该是中国或
印度原产的植物。

还有一说，以为昙花又叫优钵罗花，大概是译音的不同。岑参
有《优钵罗花歌》，说明了它的产地和形态，但是另指一种草本植
物了：

> 　　参尝读佛经，闻有优钵罗花，目所未见。天宝庚申岁，参
> 忝大理评事摄监察御史，领伊西北庭度支副使。自公多暇，乃
> 于府庭内栽树种药，为山凿池，婆娑乎其间，足以寄傲交河。
> 小吏有献此花者，云得之于天山之南，其状异于众草，势龙
> 从（lóng zǒng）如冠弁，巍然上耸，生不旁引，攒花中折，骈

叶外包，异香腾风，秀色媚景。……

……绿茎碧叶好颜色。叶六瓣，花九房，夜掩朝开多异香。……

清代吴长元所撰的《宸垣识略》，也说到优钵罗，云："开必四月八日，至冬结实，如鬼莲蓬，脱去其衣，酷类金色佛像。礼仪制司旧有此花，今无。"这是依据"金轮出世""佛日盛开"等说臆造而成的，极不可靠。

综合以上这些旧记载，有三类植物都可以称为昙花，一是无花果一类的，一是木兰一类的，一是一种不知类似何种植物的草花。但这三类植物都不是现在所见的仙人掌科植物。认现在所见的这种植物为昙花，尚未有旧的记载可以稽考，想必是极近代的事缘故。

我们要考定昙花原本是什么植物，最妥当的办法，应该直接向印度去访求。不知梵文学者，对于昙花见到过什么较详细的记载没有。

还有，现在一般的植物学书里都把美人蕉叫作昙华，而且把整科的科名叫作昙华科（Cannaceae）。美人蕉是热带美洲原产的植物，与印度产的昙华没有关涉，因为我们一向沿用日本人的定名，没有仔细斟酌，也就承袭了他们的错误。

1947 年 7 月于上海

紫薇长放半年花

1965 年冬季到四川省参观，灌县公园里，有成行高高的竹篱，盘扎着紫薇的枝条，这是我第一次见到的一种特殊的园林布置。虽然花期已过，树叶也已大半凋落，但想见夏秋季节，满园烂漫，颇令人为之悠然神往。

学龄前体弱多病，常独自静卧。卧室是北向的，小天井的花坛上有一株紫薇，干高仅数尺，枝条特长，四散披拂。枝端的花朵仿佛是一团粉红色绣球，有的沉沉地低垂到花坛下面。注目凝视，还瞥见从墙外飞来的蝴蝶，又隐隐闻得蜜蜂的嗡嗡声，看着听着，便会忘却身热体倦，矇眬入睡。

进入高小读书，教室前面也有一株紫薇。那是一株高过围墙的小乔木，同学们都知道它别名怕痒树，所以最感兴趣的是去抓它光滑的树干，仰看树梢是否真的摇动。

《群芳谱》说："唐时省中多植此花，取其耐久，且烂漫可爱也。"耐久是花期长，烂漫是花色美而繁盛，这确是紫薇的两个特点。所谓省是中书省，唐玄宗开元元年，曾把中书省改称紫薇省，足见当时对于这种花木的重视。

诗人白居易，有一晚在中书省值勤，即景生情，写了一首《紫薇花》诗：

丝纶阁下文章静，钟鼓楼中刻漏长。独坐黄昏谁是伴，紫薇花对紫薇郎。

白居易的诗，传说老妪都能解，比较通俗。但这一首，似乎并不通俗，反而有些庸俗。"紫薇花对紫薇郎"，文字和用事都很巧，只可惜表现的是一种踌躇满志、自鸣得意的情态。

后来，他在苏州刺史任上，又写了一首《紫薇花》诗：

紫薇花对紫薇翁，……浔阳官舍双高树，兴善僧庭一大丛；何似苏州安置处，花堂栏下月明中。

从长安到浔阳，到苏州，从官署到僧院，都能见到紫薇花，可以说，在唐代，用紫薇来绿化和美化环境是相当普遍的。两首诗写作时间，大概相距五年，而这一首，虽然赞美苏州的紫薇花，但紫薇郎已经变成紫薇翁，显然情调没有前一首那样开朗。

南宋诗人陆游也有一首《紫薇》诗：

钟鼓楼前官样花，谁令流落到天涯。少年妄想今除尽，但爱清樽浸晚霞。

这首诗有点牢骚气味。白居易心情不开朗，是为了个人荣辱得失；而陆游的牢骚，则是因为壮志未酬。所谓"少年妄想"，正是北伐中原、收复失地的雄心壮志。在家乡长期闲居，只好对花饮酒，聊作消遣。虽然花色烂漫，映入酒杯，有似晚霞，也只能感慨万分而已。

说到官样花，流落到天涯，陆游正在象征他自己。"天涯"可解释作乡下，暗示在野的意思。就紫薇的生态和"天涯"的原义来讲，这句诗是不正确的。紫薇野生长江流域及以南的山陵间，陆游家乡绍兴，正在它的分布范围之内，种植在陆游的庭院里，它还是在本乡，并没有流落到天涯。白居易所见的长安的紫薇，如果有知，才会真的发生"流落天涯"之感。

紫薇是落叶小乔木，基部往往丛生分蘖，容易成为灌木状。树皮褐色，经过几年即成片脱落，露出青灰色的真皮，极光滑。嫩枝四棱形，后变圆形。叶片椭圆形，叶柄短，互生，或近于对生。圆锥花序生于枝梢，花径三四厘米；萼呈钟状，6 裂片；花瓣皱缩，边缘波曲，基部细长呈柄状，特称为"爪"；雄蕊多数，有长短二种，蒴果圆球形。种子深褐色，三角形，有翅。

紫薇花以淡红色的最常见，特称红薇；有的红色带紫，才是名副其实的紫薇。另有紫色带蓝，叶色深绿的，叫作翠薇；白色或微带堇色，叶色淡绿的，叫作银薇或白薇。红薇以外的三种，都是人工选择造成的变种。

明王世懋《学圃杂疏》说："紫薇有四种：红、紫、淡红、白，紫却是正色。闽花独紫薇作淡红色，最丑，本野花种也。"所说红和淡红其实只是一种，野生种淡红色，各地都一样，不能说福建产的最丑。福建有一种"林氏紫薇"，也叫"福建紫薇"，正是紫色的（也或淡红色）。紫薇有一个特点，野生和栽培的花形同样大小，所以野花种也是可爱的。

紫薇花期特长，可自五六月起直到十月，所以又叫百日红。还因为它花繁色艳，辉映四周，所以又叫满堂红。杨万里诗"谁道花无红百日，紫薇长放半年花"；王十朋诗"盛夏绿遮眼，此花红满堂"，都是阐释这两个花名的。

　　紫薇生长迅速，容易繁殖，不论移植根际萌蘖，扦插枝条，都能成活。用种子育苗，养护得好，也能当年开花。树姿优美，园林庭院等处，可以广为栽植。也可以盆栽，并整形成盆景。

　　为了绿化美化环境，必须大力种树种草种花。像紫薇以及石榴、扶桑、山茶等我国传统种植的具有民族风格、花期又长的树木，首先应该多种。这些花木也可为有中国特色的社会主义增添一分色彩。

1983 年 10 月

大丽花

紫藤

紫花齐哆迎朝爽

1971 年叶圣翁来信，附《小庭花事》诗五首，其中一首是吟咏牵牛花的：

卷蔓缘升日逾尺，层层密叶失西墙。

紫花齐哆迎朝爽，贻我牵牛怀祖璋。

牵牛花是漏斗形花冠，用"哆"（chǐ，张开口）来形容它的开放，十分逼真而又生动。"迎朝爽"，正确地说明它开放的时间。"缘升日逾尺""密叶失西墙"，显示出牵牛花的一派生机。至于说花种是我赠送的，却记不起是哪一年的事了。

1975 年又承惠寄一种粉红色牵牛花种子，并附有花朵的腊叶标本两份。第二年栽种后，所见的花，花冠皱褶，有的分裂成二三瓣，呈复瓣状，极美丽，原来是一个优良品种。

这种牵牛花，原产我国，据说唐代输入日本，经他们栽培，到现在已产生许多品种，大概 20 世纪初，回输到我国来，特称大花牵牛。

大花牵牛原种，我国南北各地都有野生。一年生草本，茎生逆毛，左旋缠绕，长达 2 米以上。叶互生，有毛，通常 3 裂，叶柄长。夏秋两季，叶腋着花 1~3 朵；萼深 5 裂，裂片狭长，背面有长毛；

花冠漏斗形，蓝色；花蕾笔头形，右旋褶合；雄蕊 5 枚。蒴果球形，外被宿存萼，内分 3 室，每室有黑色种子 1~2 粒。

牵牛花是南朝宋雷敩《雷公炮炙论》最先记载的："草金铃、牵牛子是也。"稍后的陶弘景《名医别录》又指出它命名的意义："此药始出田野，人牵牛易药，故以名之。"唐段成式《酉阳杂俎》又把它叫作盆甑草："盆甑草即牵牛子也。结实后，断之，状如盆甑，其中有子似龟。"由于它的种子供药用，所以这些名称都与它的果实和种子有关。

药用的"牵牛子"，到了宋代，才有人注意到它花色美丽，可供观赏，并叫它作"牵牛花"。

未欲挥锄斤，且与妆秋色。

（梅尧臣《牵牛》）

柔条长百尺，秀萼苞千叶。不惜作高架，为君相引接。

（文同《牵牛花》）

篱落秋暑中，碧花蔓牵牛。

（苏轼《雷州八首　此为秦观作》）

素罗笠顶碧罗檐，晓卸蓝裳着茜衫。望见竹篱心独喜，翩然飞上翠云簪（zān）。

（杨万里《牵牛花》）

那时大概尽是野生，所以多见于篱落间。文同要特意为它搭设高架，也是偶然见到自生的植株，才想到去"引接"它。杨万里把花的形状形容成一个斗笠（倒置的），花筒是顶，白色；花冠是檐，碧色；而且先是碧（蓝）色，后来却变成茜（红）色，描写得细腻而真实。

圆叶牵牛

·134·

李时珍《本草纲目》说：

> 牵牛有黑白二种：黑者处处野生尤多。
>
> 近人隐其名为黑丑，白者为白丑，盖以丑属牛也。
>
> 白者人多种之。其蔓微红，无毛，有柔刺，断之有浓汁。
> 叶团，有斜尖……其花小于黑牵牛花，浅碧带红色。……其核
> 白色稍粗。人亦采嫩实蜜煎为果食，呼为天茄，因其蒂似茄也。

可见直到明代，牵牛花还是野生的多。不过那时多了一种"白丑"，是家养而不是野生，李时珍叫它作天茄。现在把天茄叫作天茄儿，又叫月光花，茎叶和花都比牵牛花大，而且花白色，种子黑色，与李时珍所说的形态和颜色不符。就"叶团，有斜尖""花小……浅碧带红色"等项来看，很像圆叶牵牛。圆叶牵牛和天茄儿都原产美洲，大概当时输入我国未久，李时珍把它们混为一种，所以叙述得不够清楚了。现在中药铺里出售的"白丑"，究竟是哪一种植物，谅必已经有人予以鉴定。

牵牛子含有牵牛子甙等成分，苦寒有毒，用作泻下利尿药，能逐痰消肿，解闷驱虫，但要注意服用不可过量，以免中毒。

牵牛花容易栽植，土壤宜疏松肥沃。从春分到夏末，随时都可播种。地栽可让它攀缘篱笆和墙壁，是绝好的垂直绿化植物。盆栽宜单株种植，以便分采种子，避免品种混杂；也便于人工授粉，创造新品种。

牵牛花是短日照植物，如果有保温设备，从晚秋到早春，也可以随时播种。这时只长几寸高，生五六片叶子就会开花。虽然花不

多不大，但娇小而罕见，亦甚可观。

1985 年 1 月

牵牛花名录

大花牵牛 *Ipomoea nil Roth.*

圆叶牵牛 *I. purpurea（L.）Lam*

月光花 *Calonyction aculeatum（L.）House*

金凤花开色最鲜

五代南唐的著名词人冯延巳，有"金凤花残满地红"的诗句。同时诗人吴仁璧有《凤仙花》诗："香红嫩绿正开时，冷蝶饥蜂两不知；此际最宜何处看，朝阳初上碧梧枝。"金凤花就是凤仙花，花以凤名，是由于它的形状相似，吴仁璧诗就是完全从凤的意义去歌咏它的。宋代刘敞诗："绿叶纷映阶，红芳烂盈眼。辉辉丹穴禽，矫矫翅翎展。"从形态上直接把它描绘成生动逼真的凤凰了。

《群芳谱》说："桠间开花，头翅尾足俱翘然如凤然。"进一步作了具体的描写。原来凤仙花有细短的花柄，单生或数朵集生于叶腋内，萼3片，中间1片呈花瓣状（有的叫它作"唇瓣"），中空而向后延长成弯曲的距；左右各1，披针形而小。花瓣5片，向上1片为旗瓣，正圆形，上端微凹，附生1小尖头；另外4片两两结合成左右各1片的宽展2裂的翼瓣。这样旗瓣是"头"，翼瓣是"翅"，距和花柄是"尾"和"足"，真正是"翘然如凤状"。

雄蕊5枚，花丝顶上结合，包住柱头。花后结生蒴果，初时表面有毛，好像一个小毛桃，所以《救荒本草》称凤仙花为小桃红。蒴果将近成熟时，遇到外物触碰，果皮即分裂为5片，向内卷曲，弹出萝卜似的种子；根据这种现象，凤仙花又有急性子的名称。又因为叶片狭长而尖，略像桃叶，也像竹叶，所以又有夹竹桃（均见《救荒本草》）的别名。

　　凤仙花有多种颜色，北宋文同诗："红白纷乱如点缀。"南宋杨万里诗："雪色白边袍色紫，更饶深浅四般红。"可见很早就有红、白、紫等色，而且有一朵花同具两色，即后来所称的杂色。到了明代，如《本草纲目》记载有黄、白、红、紫、碧和杂色6种；《群芳谱》又有洒金的名称，那是杂色的一种。旧传红色的花瓣加明矾捣烂，可染指甲，于是凤仙花又有染指甲草（《救荒本草》）、指甲花等名称。还有海莼一名，也见于《救荒本草》，意义不详。今年2月号《植物杂志》有《维吾尔族与花》一文，说妇女"用海耐（凤仙花）花朵染指甲"，"海耐"与"海莼"同音，"海莼"原来是维吾尔语的译名。

　　《花镜》提到"有重叶、单叶"，也就是重瓣和单瓣。单瓣凤仙花花朵小，贴生在茎或枝上，被绿叶遮住，所以虽说"金凤花开色最鲜"，但总不甚显眼。重瓣花花朵大，茎顶或枝梢的一朵总是最先开放，最引人注目。植株比单瓣的矮小，适于盆栽。盛开时，烂漫满盆，至为可爱。

　　重瓣凤仙花有两种花型：一种茶花型，花瓣平展，排列整齐，整朵花比较扁平；一种蔷薇型，花瓣微皱，排列不整齐，整朵花略近球形。

　　1958年在河北省邯郸市见到一种淡紫色茶花型重瓣凤仙花，雅淡清丽，娟秀可爱。采得种子数粒，在北京和闽南连续栽培近20年，后患白粉病而失传，甚为可惜。

　　1770年（清乾隆三十五年）前后，赵学敏著《凤仙谱》，记载凤仙花233个品种，其中有花大如碗，株高一丈的"一丈红"（与蜀葵同名）；有芳香如茉莉的"香桃"；有花色金黄的"葵花毯"和花朵绿色的"倒挂么凤"（原谱未见，引自1979年6月号《植物杂志》）。赵学敏应该就是《本草纲目正误》这位作者。一种小小花草，在 200 余年前，已有这样多的品种，是很难得的。这本《凤仙谱》，已故农学家王毓瑚的《中国农学书录》也未曾收录，很值得珍视。

现在凤仙花品种，大概并没有这本谱记载的那样多。我们爱好花卉，最好能培育花卉新品种，使它们更加丰富多彩，把祖国大地装饰得更加美丽绚烂。尤其是园艺工作者，有条件，有责任从事这一方面的工作。即使不能创造新品种，至少要能搜集繁殖各种固有的优良品种，让它们能够继续繁衍，使多数人都得观赏。

1984 年 4 月

罗氏凤仙花

醉里遗簪幻作花

虽无艳态惊群目，幸有清香压九秋。

应是仙娥宴归去，醉中掉下玉搔头。

（元江奎《茉莉》）

纤云卷尽日西流，人在瑶台宴未休。

王母欲归香满路，晓风吹下玉搔头。

（宋王庭珪《茉莉花三绝句》之一）

茉莉花颜色素白，不耀眼，但芳香四溢，沁人肺腑，秋天又是它一年中的第二个盛花期，江诗前二句深深体现了茉莉花的神韵。后二句是袭用了王诗的意境，而王诗又是张冠李戴地从王安石的玉簪花诗借用来的。这就不免陈陈相因，缺少新意。

玉搔头就是玉簪，传说汉武帝到李夫人那里，曾拿她的玉簪来搔头，于是宫人搔头，都用玉簪，玉价因之大涨（《西京杂记》）。后来就把玉簪叫作玉搔头。这个故事原本无聊，为了说明什么是玉搔头，只好引用一下。既然用以搔头，必须有相当长度，才便于把握。茉莉花并不大，花蕾尤其细小，用玉搔头来形容它，未免勉强。

至于玉簪花，才真正以形似而得名。唐罗隐的《玉簪》诗就说："若非月姐黄金钏，难买天孙白玉簪。"他认为这花就是织女的玉搔头，是嫦娥用金手镯去换来的。玉簪秋天开花，又是暮开朝闭，洁白的花朵，静悄悄地沐浴在月光之下，所以牵涉到月姐，也是合理的联想。

王安石的《玉簪》诗是：

> 瑶池仙子宴流霞，醉里遗簪幻作花。
>
> 万斛浓香山麝馥，随风吹落到君家。

王母在瑶池仙境，用流霞仙酒宴请仙女，仙女们醉态朦胧，掉了玉簪也不知道。玉簪落到地面，便化作了这花；同时还随风飘来了麝香似的浓烈的芳香。玉簪花原本是幽静素淡的，王安石却给它创造了一个生动热闹的场面，比罗隐的简单比喻，增添了新的意境。

《苕溪渔隐丛话》说："诗人咏物，形容之妙，近世为最。……苏、黄又有咏花诗，皆托物以寓意，此格尤新奇，前人未之有也。……咏玉簪花诗云：'燕罢瑶池阿母家，飞琼扶上紫云车。玉簪坠地无人拾，化作东南第一花。'称此格也。"胡仔离王安石、黄庭坚时代不远，却不提王安石意境新颖的《玉簪》诗，而盛赞黄庭坚这首脱胎于王安石诗意的诗为新奇，大概与当时江西诗派已经形成有关。

玉簪

玉簪是百合科的多年生草本。春季从地下萌生新叶，叶片卵形至心脏状卵形，很像车前草叶，但大而有光泽。长达20厘米，宽10厘米左右，侧脉10对。叶柄长，丛生地面。

初秋季节，叶丛中抽生花茎，长达60厘米。上部生花，花柄长约1厘米，基部有苞片，大小各一。花白色，长10~12厘米，未开时，形似玉簪。正像郑修《玉簪花》诗说的："儿童莫讶心难展，未展心时正似簪。"花被6片，开放后呈漏斗状，下面的筒状部三倍长于裂片。雄蕊6枚，与花被等长；雌蕊的花柱，伸出花外。《本草纲目》和《群芳谱》都说花"开时微绽四出"，"四出"是"六出"之误。又《本草纲目》只说"中吐黄蕊"，《群芳谱》补充说"七须环列，一须特长"，正确记载了雌雄蕊的数目。过去认为花被拖面油炸可食。又取铅粉放人未开的花内，让它吸收香气，可用于化妆。

花后结生圆柱形蒴果，长4厘米以上。种子黑色，有翅。

玉簪原产我国和日本。繁殖以早春或晚秋分根为主。播种要经过多年才能开花。南北各地普遍栽培作观叶和观花植物。宜点缀在树林中、岩石旁、高墙下、小天井内等遮阴湿润的地方。

玉簪可供药用。全草外敷可治乳痈、疔疮和蛇虫咬伤。根部可治红白带并脱牙。花可治皮肤创伤、癣疾和咽喉肿痛。

同类有紫萼，形体稍小，叶片长8~16厘米，侧脉7对。花淡紫色，花期约早一个月。野生长江以南的山林间，也供栽培。

间道玉簪，叶片有白色或黄色条纹，花紫色。日本原产。

1984年4月

吴刚捧出桂花酒

问讯吴刚何所有？吴刚捧出桂花酒。

(毛泽东《蝶恋花·答李淑一》)

吴刚这个故事，出在唐代段成式所写的《酉阳杂俎》一书里：

旧言月中有桂，有蟾蜍。故异书言，月桂高五百丈，下有
一人常斫之，树创随合。人姓吴名刚，西河人，学仙有过，谪
令伐树。

段成式只是记录古旧的传说，所以与他同时代的李商隐以及比他早
的梁代庾肩吾的诗，都已说到与这个故事有关的斫树人和桂花：

月中桂树高多少？试问西河斫树人。

(李商隐《同学彭道士参寥》)

请视今移处，何如月里生？

(庾肩吾《咏桂》)

中秋季节，天高气爽，月光愈觉皎洁。同时，桂花盛放，芳馨
四溢，静夜中，阵阵清香，更仿佛是从缕缕月光洒下来的。因此，

把月面阴影比拟作一株巨大的桂花树，倒也是一个可以允许的联想。

联想也是玄想，于是诗人可让"吴刚捧出桂花酒"，可问桂花生在地上比生在月里感觉怎么样。还有白居易，竟向嫦娥建议，要不要把月宫布置得更葱郁一些：

> 遥知天上桂花孤，试问嫦娥更要无？月宫幸有闲田地，何不中央种两株！

杜甫则与白居易相反，他不体谅吴刚朝朝暮暮，费力徒劳，已经辛苦了近千年（指汉代到唐代），还是要：

> 斫却月中桂，清光应更多。

杜甫和白居易对于同一传说，同一现象，有不同的想法，虽然都是空幻缥缈，不着实际，却也显得思路活跃，新颖有趣。比之看惯了，听久了，认熟了，习以为常，囿于陈规，因循守旧，人云亦云，是颇有意义的。思想活跃，不僵化，就能随时随地产生疑问，发现问题，设想方案，提出办法。精神境界是这样，实际生活也是这样。在诗人是玄想，应用到科学研究上是思维方法，它将有助于有所发现，有所发明，有所创造。

这样，我们就从天上回到人间，把诗意变成科学，来看一看桂花是怎样一种植物吧。

桂花又叫木犀，由于木材灰褐色，纹理直或微斜，与犀角的纹理相似而得名。在分类上，属于木犀科。我国原产，分布长江流域及其以南各地，西北直至甘肃。山野自生的叫作山桂或岩桂，浙江天台产的特称天竺桂。常绿乔木，高可达 10 米，栽培的一般高 3~4 米。北方不能室外越冬，只供盆栽。

桂花叶片对生，椭圆形，先端尖，边缘有锯齿，老叶有的无齿而呈波曲状；革质，绿色有光泽，背面色淡。花簇生于叶腋，花柄细而短；萼绿色，细小而 4 裂；花冠深 4 裂，裂片椭圆形至倒卵形，稍稍凹陷成浅匙状；雄蕊 2 枚，雌蕊 2 枚，都很细小。

桂花因花色和开花习性不同，分为四个品种：

银桂 以花朵白色而得名，也有微带黄色的。叶片较薄，叶缘不向背面反卷。

金桂 花朵深黄色，香气较淡。叶片厚，深绿色，叶缘反卷。

丹桂 花朵橙黄色，香气最浓。叶片最厚，深绿色，侧脉显著，叶缘反卷。这三种都只在秋季开花。

四季桂 又叫月月桂，以长年开花而得名。花小，径 5~6 毫米（前三种是 6~7 毫米），色白或淡黄，香气较淡。叶片薄，叶缘只微微反卷。常被栽培成灌木状。

唐李德裕《平泉山居草木记》说：

> 有剡溪之红桂，钟山之月桂，曲阿之山桂，永嘉之紫桂，荆中之真红桂。

所说月桂，只是桂花的别称，并不表示什么特殊性状。山桂就是岩桂，岩桂这个名称见于后来宋罗从彦《和延年岩桂》一诗。红桂和真红桂与丹桂同义，而丹桂一名则最早见于晋王嘉《拾遗记》：

> 岱舆山……有丹桂、紫桂、白桂，皆直上百寻，可为舟航，

谓之文桂之舟。

但这是仙山岱舆可作舟航的桂树，而不是一般的桂花，所以把红桂叫作丹桂，跟银桂、金桂、四季桂等名称的起源一样，都还待探求。紫桂是不是桂花，只能存疑。

桂花的果实是核果。由于它雌雄异株，栽培的多雄株，所以果实不常见到。山野自生的有雌株，结生的果实比黄豆略大，卵圆形，成熟时皮色黝黑。过去叫它作桂子，并认为有时会从月亮里散落下来：

> 江东诸处，每至四、五月后，尝于衢路拾得桂子，大如狸豆，破之辛香。故老相传，是月中下也。
>
> （唐陈藏器《本草拾遗》）
>
> 垂拱四年（686）三日，雨桂子于台州，旬余乃止。
>
> （《唐书·五行志》）
>
> 杭州灵隐山多桂，寺僧曰："月中种也。"至今中秋夜往往子坠，寺僧亦曾拾得。
>
> （宋钱易《南部新书》）

另据记载，从天上落下来的桂子，"其圆如珠，其色有白者、黄者、黑者"。所说形状和颜色，并不完全像桂子，当然都是无稽之谈罢了。

桂花不仅可供观赏，也有实用价值。它是一种重要的芳香植物，可以浸酒，窨茶，制糕点，并提炼香精。提炼香精是一种现代工业，我国桂花资源丰富，应充分利用。

采取桂花，拣去杂质，先用盐渍，再拌白糖，便可长期贮存。

桂花的芳香带甜味，因此最适用于制糕点和糖果。

明邝璠《便民图纂》说："桂花点茶，香生一室。"不过，他所说的，只是采取鲜花，与茶叶一起泡饮。现在跟制茉莉花茶一样，制成桂花茶，为花茶增加一个新品种，除一般饮用外，并可供出口之用。

桂花浸酒，便是桂花酒。毛主席诗词的注释家，为了找寻出典，引屈原《九歌·东皇太一》的"奠桂酒兮椒浆"来解释桂花酒，颇可商榷。王逸注："桂酒，切桂置酒中也。"桂花细碎，何必再切？这"桂"不是桂花，是"桂皮"，是樟科植物肉桂等树的树皮。因为是树皮，所以才需要切碎。月宫里只有桂花，并无其他桂树，叫吴刚到哪里去找桂皮来制桂酒？桂酒和桂花酒，虽然同有"桂"名，却不是同一种酒。

桂花酒是一个通俗名称，尽可不必找寻什么出处。偶然看到一则记载，倒可供注释家参考：

> 同昌公主出降（出嫁），……其酒有凝露浆、桂花醑（xǔ）。
>
> （唐苏鹗《杜阳杂编》）

醑，美酒之意，桂花醑就是桂花酒。至迟，唐代已有桂花酒了。

月宫的桂花酒可慰忠魂，人间的桂花酒我们也将分外珍重。湖南是不是可以生产一种桂花酒——应是名酒而不是一般的酒——来永久纪念杨开慧、柳直荀烈士呢？

1980 年 7 月

桂花名录

银桂 *Osmanthus fragrans var. latifolius* Mak.

金桂 *O. fragrans var.thunbergii* Mak.

丹桂 *O. fragrans var.auratiacus* Mak.

四季桂 *O. fragrans var. semperflorens* Hort.

木 槿

虎斑齿香兰

芙蓉生在秋江上

有一年秋季，在闽南，住在小楼上一间方不盈丈、只有一扇狭长西窗的小室里。偶然临窗西望，几间小屋之外的水沟旁，却有一团鲜艳的红花，原来是一枝亭亭如盖的木芙蓉。虽然它并不就在窗下，竟然也给这间狭窄的居室顿添生气。中学读书时，音乐教室前面也有几丛木芙蓉，但都是灌木，现在第一次遥遥望见这株小树，便倍觉可爱。过去也知道明王世懋的《学圃杂疏》（1587）曾说过："芙蓉入江西，俱成大树。人从楼上观，吾地（江苏）如榛荆状。"今天才亲眼证实了他的话，虽然地点并不是江西。

司马相如《上林赋》有"华枫枰栌"之句，晋张揖说："华，皮可以为索。"后人就根据皮的用途，认为华就是木芙蓉。如果这个说法凿实，那么这可算是关于木芙蓉最早的记载（当然，说华就是桦木，应更有理一些）。

梁江淹有一篇《木莲颂》说："迸采泉壑，腾光渊丘；缃丽碧巘（yǎn），红艳桂洲。"莲与芙蓉同义，后人也就认为它是指木芙蓉。如白居易咏木芙蓉的诗，便说："水莲花尽木莲开。"但薜荔也叫木莲，木兰科植物也有木莲，都比作木芙蓉解为常用。

至于木芙蓉这个名称，出处在哪里，也尚待探考。唐代李嘉祐（719—781）、韩愈（768—824）等已都有木芙蓉的诗篇，可见这个名称，一定在他们之前早已有了。

木芙蓉开花于秋冬之交，与菊花同样表现岁寒晚节的精神，因而又称作拒霜花，为诗人所歌咏。如梅尧臣、王安石都有拒霜花诗，王诗就赞美它："落尽群花独自芳，红英浑欲拒严霜。"而苏轼的诗说："千林扫作一番黄，只有芙蓉独自芳。唤作拒霜知未称，细思却是最宜霜。"由拒霜想到宜霜，特出新意，耐人寻味。

木芙蓉是锦葵科植物，与木槿、扶桑类缘最近，但叶形和花容与蜀葵最为相似。茎直立分枝，与叶都被星芒状毛；成乔木状的小树时，高可达4、5米；每年从地下萌生新条而成灌木状时，高仅2、3米。叶呈掌状，3~7裂，裂片三角状卵形而尖，边缘有钝锯齿。花生于枝梢，有线形的小苞10片；萼钟状，5裂；花瓣5片；雄蕊多数，合生成筒状；花柱长，柱头呈五星状。蒴果略呈球形，有硬毛。种子多数，肾脏形，也有毛。

日本南部有野生的木芙蓉，我国却还没有野生种的记载。野生种花单瓣而粉红色，栽培的多重瓣。唐李德裕的《平泉山居草木记》有"己未岁（839）得会稽之百叶木芙蓉，又得钟陵之同心木芙蓉"的记载，"百叶"就是重瓣，可见重瓣木芙蓉已有1000年的历史。"同心"意义不详，可能是指并蒂，但现在却未有所闻。明王象晋的《群芳谱》（1621）有四面花的名称，大概就是这一种。同书还提到大红千瓣、白千瓣、半白半红千瓣等品种，都是现在常见的。

梅尧臣有一首《咏王宗说园黄木芙蓉》诗，说它："玉蕊坼蒸粟，金房落晚霞。"南宋戴复古也有诗句："就中一种芙蓉别，只染鹅黄学道妆。"这应是稀有的品种。后来王世懋的《学圃杂疏》只说"客言曾见有黄者"，他自己就没有见到过。《群芳谱》也说："黄色者种贵难得。"不知现在是否还有。

宋祁的《益部方物略记》（1059）记录一种"添色拒霜花，生彭汉蜀州。花常多叶，始开白色，明日稍红，又明日则若桃花然"。南宋末年吴怿的《种艺必用》说："邛州有弄色木芙蓉，初日白，明日鹅黄，又明日浅红，又明日深红，比落微紫色。又谓之文官花。"这两则记载都是错误的。唐李嘉祐已经知道："平明露滴垂红脸，似有朝开暮落悲。"（《秋朝木芙蓉》）木芙蓉跟木槿一样，是朝开暮落的花，不可能一朵花变色达三四天之久。大概与吴怿同时的刘圻父，形容花色为"晓妆如玉暮如霞"。《学圃杂疏》说："三醉者，一日间凡三换色，亦奇。"《群芳谱》说："醉芙蓉朝白，午红，晚大红者，佳甚。"这些，都是观察正确的。又元蒲道源有《转观芙蓉》一诗说："未甘白纻居寒素，也着绯衣入品流。"看来也是在描写它由白而红，变换颜色。《群芳谱》则称它为转观花。总之，添色拒霜花，弄色木芙蓉，三醉，醉芙蓉，转观芙蓉或转观花，名称虽然不同，却是同一品种。宋祁对添色拒霜花还写了几句《赞》："自浓而淡，花之常态，今顾反之，亦不之怪。"把它与一般花色的变化作了比较，那倒是有科学意义的。

历史上栽培木芙蓉最盛的地方是四川成都。据《成都记》说：五代后蜀时（10世纪中叶），曾于"城上遍种芙蓉，每至秋，四十里如锦绣，高下相照，因名锦城"。也有人称它为芙蓉城。这虽然出于当时统治者的个人嗜好，也可算是利用隙地，绿化环境的一种措施吧。

木芙蓉最宜于临水栽植，花时水光照映，愈觉鲜艳。如"芙蓉生在秋江上，不向东风怨未开"（高蟾）、"溪边野芙蓉，花水相媚好"（苏轼）、"袅袅芙蓉风，池光弄花影"（范成大）等诗句，都描写了它临水的风韵。

柳宗元有诗云："盈盈湘西岸，秋至风露繁。丽影别寒水，秾芳委前轩。"（《湘岸移木芙蓉植龙兴精舍》）湖南有洞庭湖及湘江等河流，水滨岸际，都是适宜于木芙蓉生长的地方。毛主席《答友人》七律结句："芙蓉国里尽朝晖。"有人就认为这"芙蓉"是指木芙蓉。

郭沫若同志正是主张这一说的。他说："主席告诉我们：'芙蓉国'是湖南的异称。"接着引录五代末谭用之《秋宿湘江遇雨》诗全文，诗中有"秋风万里芙蓉国"之句，他说："这首诗虽然不怎么好，但它却点出了'芙蓉国'的故实。'芙蓉'……有人说是指荷花，但在我看来就是木芙蓉。因为谭诗写的是秋天，正是木芙蓉盛开的时节。……如果是荷花，在秋季便已经凋败了。"

还有赵朴初同志的解释，则是："芙蓉即荷花。请想想看，清晨的日光（'朝晖'）遍照着满地的芙蓉，这该是多么光辉美丽的世界啊！"

以上两说，应以赵说为是。湖南是以出产"湘莲"著名的，虽然也盛产木芙蓉，但遍地荷花，因此而称它为"芙蓉国"，应是更为名副其实。谭用之在"湘上阴云锁梦魂"之中，见到"秋风万里芙蓉国，暮雨千家薜荔村"这一派萧瑟凄凉的景象，正因为荷花已经凋败枯萎。如果他是在描写鲜艳盛开的木芙蓉，那么，与"暮雨千家薜荔村"的感情，怎样统一起来呢？毛主席对于谭诗，正是"反其意而用之"，"反其意"就从正面反映出芙蓉国里"映日荷花别样红"的光辉美丽的本来面目，抒发了革命乐观主义的精神。所以我们可以肯定，芙蓉国里的"芙蓉"，是"荷花"，而不是"木芙蓉"。

1979 年 11 月

鳞托菊

秋菊有佳色

爱菊的缘故

自来认为菊凌霜放花，不畏寒，不随万卉同枯，有高洁的风格。用以拟人，好比是卓然独立、坚操笃行的君子。秋天的花，并不限于菊，如木芙蓉，色尤艳丽，但总比不上菊那样受人推重。这大概与历史传统有关。《离骚》有"朝饮木兰之坠露兮，夕餐秋菊之落英"的名句，屈原是一位操行高洁的大诗人，后人仰慕他，也便爱及他曾经歌咏的"秋菊"。还有晋代的隐逸诗人陶渊明，特别爱菊，他对于菊是这样说的：

采菊东篱下，悠然见南山。山气日夕佳，飞鸟相与还。

（《饮酒》之五）

秋菊有佳色，裛露掇其英。泛此忘忧物，远我遗世情。

（《饮酒》之七）

芳菊开林耀，青松冠岩列。怀此贞秀姿，卓为霜下杰。

（《和郭主簿》）

他的生活是：

九月九日无酒，坐宅边丛菊中，采摘盈把。望见白衣人至，乃王弘送酒，即便就酌。

（《续晋阳秋》）

因为陶渊明爱菊，后人便认为渊明和菊同样可爱。又渊明是隐逸之士，于是菊也成为隐逸之花。北宋周敦颐曾以咏叹的口吻说："噫！菊之爱，陶后鲜有闻！"这是说渊明爱过的菊，便无人够得上去爱它，于是菊便愈觉可爱了。

再如说："九月九日，佩茱萸，食蓬饵，饮菊花酒，令人长寿。"（《西京杂记》）"南阳有菊水，其旁悉芳菊，水极甘馨。中有三十家，不复穿井，即饮此水，上寿百二十三十。"（《荆州记》）这是从它的药用作用出发，却流于迷信。又如说："菊有正色（指黄色），具中之德，君子法之。"（宋濂《菊轩铭》）那更是道学家的迂腐之谈了。

菊花的颜色和姿态，丰富多彩，变化百出，足以供人观赏。在学术上，作为遗传变异的研究资料，也有价值。这是现代爱菊的理由。

植物学上的菊

菊在植物学上，属于双子叶植物的菊科。菊科是植物界中最高等的一群，花的构造最进步，种类最多。整个菊科，现在已知共有15000余种；而菊的一属，也有140余种。栽培的菊起源于我国，大概由两种野生种培育而成：

一种是原菊（*Chrysanthemun sinense* Sab.var. *japonese* Makino），产于我国和日本。多年生草本，茎高 0.6~1 米，稍稍木质化，枝分杈少，有短柔毛。叶敷白粉，里面生短毛。概形比家菊瘦小。秋季开头状花，只有一圈舌状花，白色或紫色。大花品种，都由这一种培养而成。

一种是小原菊（*Ch.indicum* L.），茎高可至 1.2~1.5 米，分枝多，有短柔毛。叶薄而缺刻尖锐，两面都不敷白粉。10 月下旬开小头状花，花径 1.2~1.5 厘米，黄色。小花品种都起源于这一种。

另一种香叶菊（*Ch.lavandulifolium* Makino），是我国最常见的一种野菊，旧名苦薏。叶质薄，缺刻略深。花小色黄。与栽培种有何关系，未详。

现在栽培的菊花，颜色有黄、白、红、紫和各种杂彩。花的大小不一，径 12 厘米以上的为大菊，12~8 厘米的为中菊，8 厘米以下的为小菊。花瓣数有单复的分别（严格说，菊花都是单瓣，因为一朵菊花，是一个头状花序，是由无数朵花集合而成的。所谓复瓣，只是生舌状花冠的花较多而已）。花瓣的形状，有平瓣（羽毛）、匙瓣（马蹄）、管瓣等种，其中阔狭、粗细、长短，更是种种不同。花瓣的姿态，有的卷抱花芯，有的纷披下垂，有的俯仰伸缩，极不整齐。养花的人，根据花色和姿态的不同，随意命名，相沿下来，有数百种之多。原菊花色朴素，形状简单，怎样能变化发育成这样富丽繁缛的菊花呢？

翠 菊

菊花变异的原因

各种动植物，在饲养栽培的过程中，经常会发生变异。经过人工选择，积年累月，便成为现在所有的各种不同的品种。达尔文《饲养下动植物的变异》一书，对此有详细的说明。变异有不显著的彷徨变异和显著的突然变异，更有由杂交造成的杂种变异。对于菊花，也有关于这方面的一些旧记载，如：

> 白菊一二年多有变黄者，予在三水，植大白菊百余株，次年尽变为黄花。

> （史正志《菊谱》，1175）

> 闻于莳花者云，花之形色变异如牡丹之类，岁取其变者以为新，今此菊亦疑所变也。……人力勤，土又膏沃，花亦为之屡变。

> （范成大《范村菊谱》，1186）

这都肯定了菊花的变异，范成大并且指出人力和营养分是变异的原因。又《广群芳谱》（1708）说：

> 有他处讨来名花根接者，明年花开必变。即以原花枝梗，横埋肥地中，每节自然出苗，收起近中擘者，则花本不变。

这显然知道接穗和砧木发生的新苗，能分别保持原有的特性。

《广群芳谱》又有关于杂种变异的记载：

> 秋菊枯后，将枯花堆放腴土上，令略着土，不必埋，时以肥沃之，明年春季，自然出苗。收种，其花色多变，或黄或白，或红紫，更变至有出入所不识名者，甚为奇绝。

这是当时不了解其中有自然杂交种子，因而会出现这种奇绝的现象。不过，种子繁殖的方法，早在宋代已为人所注意，如周密（1232—1308）的《癸辛杂识·别集》就说：

> 凡菊之佳品，候其枯，斫取带花枝置篱下。至明年收灯后，以肥膏地，至二月，即以枯花撒之。盖花中自有细子，俟其苗，至社日，乃一一分种。

周密已经知道"有细子"，而利用它来培养佳品。只是"分种"的结果如何，可惜没有详说。

据现代研究，无性繁殖（扦插或嫁接），也能出现芽条变异，获得新种，但机会不多。用种子繁殖，则变异较多。菊花不自花授粉，便于人工杂交。选定交配的花朵，花芯周围的花瓣剪短 1/2~1/3，使花芯的小花朵多受阳光，能充分成熟。然后用毛笔蘸取预定作父本的花粉，涂刷在母本花朵的花芯上。为了防止自然杂交，交配前 3 日起到交配后 3 日止，宜用蜡纸袋把花套住。如遇天雨或寒冷，最好移放在温室内。两个月后，种子成熟，可把花枝剪下，倒挂室内，让它干燥。最后揉取种子，妥善保存。春分前后，播种于花钵内，上覆杂草，随时浇水。约经二星期，见有新芽，就可把草除去。以后施肥移植，与一般栽培法相同。秋季开花时，可选取花色花容美丽新奇的植株，留待明年继续栽培。经过两三年，形质固定，这就成为新品种了。

菊花品种史的考察

关于菊的最早记载，当推《礼记·月令》的"季秋之月，鞠有黄华"。直至初唐，对于菊花，还只说它"金英""黄花"，至于花的形状大小，也没有说到有多么变异。大概都还离野菊的样子不远。到唐代中叶，才有咏白菊的诗歌，词意显示出白色是当时新出现的，而且还比较稀少：

　　家家菊尽黄，梁国独如霜。

（刘禹锡《和令狐相公玩白菊花》）

　　满园花菊郁金黄，中有孤丛色似霜。

（白居易《重阳席上赋白菊花》）

　　陶诗只采黄金实，郢曲新传白雪英。素色不同篱下发，繁花疑自月中生。

（李商隐《和马郎中移白菊花见示》）

同时又有紫菊的字样，出现于诗篇中，如

　　紫英黄萼，照耀丹墀。

（萧颖士《菊荣篇》）

紫艳半开篱菊静。

（赵嘏《长安晚秋》）

紫菊丛丛色。

（杜荀鹤《闽中秋思》）

等是。宋代韩琦有《和崔象之紫菊》诗云：

> 紫菊披风散晓霞，年年霜晚赏奇葩。嘉名自合开仙府，丽
> 色何妨夺锦纱。

这种紫菊的色彩，竟用晓霞锦纱来比拟，想必已经相当艳丽了。

宋代以前，关于菊花，虽然有各种异名，但尚没有品种的名称。只有"甘菊"一名，那是供食用的，与观赏无关。也是韩琦，才在观赏菊类中第一次提出"金铃菊"那样的品种名：

> 黄金缀菊铃，兖地独驰名。

（《重九席上赋金铃菊》）

可见这是兖州地方当时新出现的一种菊花，不知哪一位根据它形小色黄的特征，取下这个适切的名称。当时培养菊花，想必已很普遍，而新种出现，亦必时有所闻。所以苏轼（1036—1101）曾说："洛人善接花，岁出新枝，而菊品尤多。"

范成大在《范村菊谱》里说："余尝怪古人之于菊，虽赋咏嗟叹，尝见于文词，而未尝说其花璂（guī）异如吾谱中所记者，疑古之品未若今日之富也。"正确反映了菊花品种历史发展的过程。他当时

·168·

桑叶菊

所闻所见的种类，为"东阳人家菊图，多至七十种。淳熙丙午（1186）范村所植，止得三十五种"。这35种，他有详细的记载：黄色最多，计20种，白、紫、红色各5种。花的姿态和花瓣形状，变异很多。与范氏同时的罗愿（1136—1184）在《尔雅翼》（1174）中说："近世谱菊者有八十一种，有黄、白、缃及色如桃花者。"可见当时的菊花，品种已经不少了。

以后继续有撰写菊谱的人，明代王象晋的《群芳谱》（1621），综合各家菊谱，得黄色92种，白色73种，紫色32种，红色35种，粉红22种，异品17种，同类5种，合计至276种。清康熙四十七年（1708）汪灏等所撰的《广群芳谱》又增加42种，合计在300种以上。到现在又历时200多年，其间又产生了多少新的品种，目前栽培的是多少种，还待有人研究整理。

1933年10月，1981年4月修改

菊花图说

菊花有许多种类（严格地说，应是品种），颜色、形状和大小，各各不同，但它们都是从黄色细小的野菊变化而成的。爱好菊花的人每年在栽培的菊花当中，选择最美丽，最奇异的种类，继续栽培，积累下来，便成为现在所有的无数种类。品种虽然很多，它们的构造还是大同小异，仍旧保持原来的基本特征。所以我们从菊花的基本形态着手观察，便可以明白菊花的复杂构造了。

菊花是一种多年生草本，成长的茎稍带木质，每年秋季开花以后，茎便枯死，从地下新生匍匐枝，透露地面，成为新苗，到明年春季，再抽长而成为新株。栽培菊花的人，在春季摘下嫩苗，扦插在泥土里，可以使它成为独立的新株。菊花的茎有的长到 1.2~1.5 米高，有的只有 30~60 厘米高，随着种类而不同。

菊花的叶生在茎的中部的最大，最能够表示出固有的特征。生在基部和梢上的形状比较的小，缺刻和锯齿比较的浅。最上部的叶往往成为线形，边缘平直，与苞片相似。拿中部的叶做标准，大体有 6 种不同的形状：

1. 正叶　这就是菊花叶片的最基本的形状。长和阔相差 1~1.5 厘米，缺刻不深不浅，主脉和支脉都很整齐。

2. 长叶　比较正叶长而狭些，长和阔相差不到 1.5 厘米。缺刻和锯齿较深，全叶分成显著的 5 瓣。

3. 蓬叶　缺刻很深，全叶分成5片狭长的羽状裂叶，与蓬蒿相似。

4. 圆叶　长和阔几乎相等，全体略呈圆形，边缘比较圆整。

5. 葵叶　叶形短而阔大，缺刻很浅，与葵叶相似。

6. 反转叶　形状与正叶相似，但边缘向背面反转。

花瓣的形状变化最大。通常所谓一朵菊花，在植物学上说起来是一个花序，特称头状花序，由无数的花丛集于一个膨大的花托所造成。外方有许多绿色的苞片，特称总苞。次之是一圈或数圈的舌状花，中心是多数的筒状花。筒状花是菊花的基本形状，花冠连合成管状，口缘常有五尖，形小而色黄。里面有一枚柱头两歧的雌蕊，透露于花外；又有5枚围绕花柱的聚药雄蕊，隐没于花内。舌状花是筒状花的变态，由筒状花冠的一侧延长而成。筒状花冠有长有短，舌状花冠的舌瓣更有种种的形状，综合起来，所有的菊花，可以大别为三类：

第一类是舌瓣很长的，叫作平瓣。因了阔狭和曲直的不同，又可以分为数小类：

1. 荷瓣和牡丹　阔而大，与荷花瓣相似。

2. 锦旗　狭长而尖端稍稍钩曲。

3. 秋月和雪点　狭长而边缘波曲。

4. 草上霜　又叫屈折平瓣，狭长而全体屈曲。

5. 珠球和香唇　短小而呈卵形和广披针形。

6. 万卷书　阔而向里卷曲。

7. 虎爪　阔而尖端分裂。

8. 刺荷　形似荷瓣而表面有刺。

第二类基部是筒状，上端是舌状。其中舌瓣占2/3，筒部占1/3的叫作匙瓣，又叫长矛。舌瓣不到1/3的叫作马蹄。这两种又有许多的变形：

9. 珊瑚钩　与锦旗相似，但较为狭长。

10. 海波　细长而尖端钩曲。

11. 龙爪　尖端作不规则的分裂。

第三类全部是筒状，叫作管瓣，变化的形式有：

12. 松针　全部细长，尖端开口很小。

13. 金丝　细长而尖端卷曲。

14. 狮须　管稍粗而尖端卷曲。

15. 羽鸥　管长而尖端4裂。

16. 桂心　尖端5裂，细小如桂花。

整朵菊花的形状，随花瓣抱合的形状而不同，栽培菊花的人，给它许多名称：

属于平瓣一类的有荷花、蟹爪、雀巢等等。

属于匙瓣一类的有金钩、葵心、宝星等等。

属于管瓣一类的有流苏、仙羽等等。

这些名称，不但表示出花朵的形态，也表示出花朵的神韵。

菊花大小不一，可以分为三类：

直径在18厘米以上的叫作大菊，如荷花、流苏等是。

9厘米以上的叫作中菊，如葵心、仙羽等是。

9厘米以下的叫作小菊，常见的满天星就是。

菊花的颜色，野生的只有黄色，栽培的除了黄色以外，白色、橙色、红色、紫色都有，而且深淡不一，变化很多。尤以白色微绿，特称绿荷或绿牡丹；深紫而近于黑色，特称墨菊的，比较稀少，最为贵重。

1947年9月

富丽的大丽花

　　大丽花原产墨西哥，原种花色鲜红，花心黄色，艳丽动人。送往欧洲以后，著名分类学家林耐给它以很高的评价，就用他的朋友也是学生的大丽博士（*Dr. Andreas Dahl*，1751—1789）的名字来作它的属名（*Dahlia*）。

　　大丽花有好几种，最普通的一种叫多变大丽花（*D. variabilis Desf.*）也叫羽叶大丽花（*D. pinnata Cav.*）。茎高可达 2 米，矮生的只有 30~50 厘米。叶片对生，1~3 四羽状分裂，裂片卵形，有粗钝的锯齿。头状花序，上向或倾向一侧；花梗微带翅状突起；总苞鳞片状，6~7 片；舌状花有不同的形状和色彩，中心的管状花黄色；聚药雄蕊，柱头 2 裂。瘦果长椭圆形而扁，黑色。

　　经常栽培的还有形态异常相似的两种大丽花：一种是红大丽花（*D. coccinea Cav.*），以花色鲜红而得名，但也有橘黄和黄色的。株形细弱，具有白粉。叶缘锯齿尖锐。总苞反卷，只有 5 片。

　　另一种是卷瓣大丽花（*D. juarezii Hort.*）。种名 *juarezii* 是纪念墨西哥的总统和诗人华瑞斯（*Benito Juarez*）的。它的花和一种仙人掌花形状相似，所以俗名仙人掌大丽花（*cactus dahlia*）。1879 年发现于墨西哥，大概是多变大丽花的一个变种。叶片一回羽状分裂，舌状花冠细长而边缘大部或全部反卷。

　　大丽花是菊科植物，所以也叫它作大丽菊。过去俗称洋牡丹，日本名天竺牡丹，都是就叶形和花容命名的。现在称矮生大丽花为小丽花或小丽菊，那是不知"大丽"（旧亦译作"大理"）是人名，而误认"大丽"为"大而美丽"的意思，于是既有"大丽"，便可以有"小丽"这样错误的名称——正确的名称，应该是"小大丽花"或"小大丽菊"。当然习非成是，以误传误，也是常有的事，大丽小丽，念起来又多么顺口，我们就肯定"小丽"这个名称吧！

达尔文在《动植物家养下的变异》一书中说，"几乎每一位发表过关于植物变异文章的作者都谈到过大丽花，因为人们相信所有变种都从单一物种传下来的"。所有变种（按：指多变大丽花），在法国都是从 1802 年以后发生的，在英国都是从 1804 年以后发生的。

"花的形状发生了巨大的变异，从扁平形变成了球形。还有矮生族也发生了。花瓣的颜色有的是均匀的，有的是点点的，有的是条条的。"

"开花期相当地提早了，1808 年 9 月到 12 月开花，1828 年一些新的矮生变种开始在 6 月开花。有时甚至更早一些时间就大量开花了。"

从 19 世纪初到现在还不足 200 年，大丽花已经有近万个品种，就形态来分，可概括为 6 类：

1. 单瓣型　舌状花少，长而阔，生于头状花序的四周，排列成1~3 层；中央为多数管状花。

2. 菊花型　舌状花长而略宽，基部稍狭，先端圆钝，排列不甚整齐，中心的花瓣小。

3. 牡丹花型　也叫芍药花型。舌状花长而宽，尖端向内反卷，层数多，排列不整齐。富丽宏伟，观赏价值高。

4. 圆球形　整个头状花序为圆球形，舌状花卵圆而平，排列整齐。

5.蜂巢型　头状花序圆球形，舌状花倒卵形，基部两侧向内卷，成一空穴，密接排列，呈蜂房状。

6.卷瓣型　这是卷瓣大丽花特有的形状，已详于前。

花的大小，可分3型：大花种，头状花序直径25厘米以上，可与牡丹相比；中花种，15厘米以上；小花种，15厘米以下。

大丽花是阳性植物，喜光恶荫，要空气流通，土质疏松肥沃，生长才会旺盛。原产亚热带，我国长江流域及其以北地区，不能露地越冬，宜在春季种植，于霜冻前把地下带茎的块根掘起，沙藏于室内不受冻害的地方，也可摘取嫩芽，扦插繁殖。闽、台、粤、桂、滇等地，一年四季都会开花。夏季阳光过烈，长势会稍受影响。

20世纪初，美国著名园艺学家蒲班克认为大丽花没有香味是一缺点。他说所有的花朵，多少都有一点气味，经过长时间选择，终于找到了一株大丽花，有一种轻微而极为悦人的玉兰花似的香气。采收这株大丽花的种子继续培养，反复选择，几年以后，便育成了几个品种的芳香大丽花。

但是选择时单纯注意芳香这个性状，未能一并注意花朵的大小、姿态和色彩，因而这些芳香大丽花观赏价值大部分不高，只有极少数几个品种能够推广栽培。半个多世纪过去了，不知现在芳香大丽花怎么样？

1987 年 4 月 7 日

盆花成树耀眼红

偶然走过一条小街，迎面两株高及二层楼檐的小树，斜敧街心，殷红耀眼。严冬季节，竟有这样美丽的花朵。仔细一看，原来是两株一品红。一品红原本都供盆栽，小小一盆，当然没有这样茂盛浓艳。应该感谢那一位辛勤的园林工人，使它们不受盆盎束缚，得以根深叶茂，畅遂生机，点缀了这条僻静的小巷。

可惜的是，还没有正式把一品红作为行道树来栽植，否则，火龙似的红光，蜿蜒十里长街两侧，应是一种多么壮丽的景色。

一枝草花，娇小鲜嫩，娟静幽逸，不免显得稚弱。一丛灌木，簇锦拥艳，美丽无比，但低矮蓬松，总是略少风韵。只有那独立的树木，不论亭亭如盖，或是挺拔婆娑；不论繁花密缀，或是疏影横斜；不论烂漫深浅，或是落英缤纷，不论芬芳满庭，或是红云成片；都最足以爽心悦目，怡情适性。

现在有些园林，每年都要举行一次菊花或其他花卉的展览，虽然千盆百丛，竞艳争美，盛极一时。但是一月数旬，瞬即叶老花萎，凄然衰败。为了这短期欣赏，不知要耗费多少长年的劳动和精力。如果分出一部分劳力，在公园里，随处随地，种树种草种花，尤其多种花期较长的树木，并把一些原来作为盆栽或灌木栽培的种类（如山茶、紫薇、夹竹桃、一品红、木芙蓉、四季桂，等等），顺应它们的生性，栽植成树木。那么满园苍翠葱郁，绿荫掩映，冬茶春桃，

一品红

夏榴秋桂，应时呈艳送香，花开花落，相继不绝，游人不论何时入园，均得尽情赏玩；这应比单纯注重盆栽，更能发挥园林的作用。南方温暖地区，尤其适宜于这样布置园林。

话说远了，回到一品红的本题吧。

一品红原产中美洲地带，17世纪初才移植到欧洲；传入我国，当更在其后。欧洲叫它作圣诞树，因为它供观赏的时期，刚刚是圣诞节（耶稣生日，12月25日）前后。日本叫它作猩猩木，意思是它鲜红得好像猩猩的血；也有粉红色和白色的，分别叫作一品粉和一品白。还有一种是重瓣的，那就更为美丽。

梁启超《台湾竹枝词》，大概作于1911年，里面提到猩猩木，这是迄今见到的较早的一首歌咏一品红的诗：

郎行赠妾猩猩木，妾赠郎行蝴蝶兰。猩红血泪有时尽，蝶翅低垂那得干。

一品红显示鲜艳的色彩，并不是花，而是生在花序基部的几片苞叶；所谓重瓣，也不过苞叶较多罢了。苞叶还是叶片的形状，只是狭小而呈椭圆形或枪尖形。至于正常的绿叶，则阔大而边缘波曲，或微有尖裂片。

一品红的花序特称鸟巢花序，花梗粗短，二三回分歧，平展成伞状。分枝末端生长着由总苞包围成的榛子状的绿色小粒，好像一朵花，其实还是花序的一部分。这小粒的上端红色而有小口，小口稍下方的一侧生有一个黄色的蜜腺，内部是多数雄花和一朵雌花；雄花只有一枚雄蕊，雌花有三歧的花柱，都不生花瓣。雄蕊和花柱从总苞的小口微微透露于外，也呈红色。

　　一品红容易繁殖。春夏两季，剪取嫩的枝条，放置几天，让切口干燥，然后扦插，一个月就会生根。即使是盆栽，如果不加修剪，到冬季开花时，也会长到一米多高。在温暖地区，地面栽植，一年就成一株小树了。

　　一品红可算是一种速生树木。一带山麓，一个小丘陵，或是一块荒地，遍栽一品红，只要一二年就可成为一片小树林。到了冬季，红云映日，霞光凌空，是一壮丽的景色。红叶一向为人所爱好，一品红的苞叶，比枫树、乌桕等树的老叶，在凋落之前所显示的色彩，是更娇艳，更鲜明，更有生气，更持久的。如果有杜牧这样的诗人，能够目见这里所说的壮丽景色（遗憾的是，这只是个人想象之词），一定会吟咏出比"停车坐爱枫林晚，霜叶红于二月花"更瑰丽、更动人的诗句。

　　福州普遍见到的地栽一品红，总在春季把主干截断，让它萌发新枝，数枝并列，直挺向上，冬季虽然也呈红色，但显得十分单调，不像本文开头叙述的那两株小树，主干较长，树顶自然分枝，有小乔木的姿态，较为可观。花木怎样栽培修剪养护，值得商讨。

　　一品红是药用植物大戟的近亲，茎叶可作跌打损伤药，有止疼消肿的功效。

　　《燕山夜话》里的一篇《一品红》，对北方盆栽的一品红有生动而富含深意的描写。邓拓同志是闽侯人，但他没有说起室外栽种成树的一品红。大概他离开家乡的时候，一品红也还没有作为小树来栽培：

　　　　到处可以看见一种鲜红美丽的盆花，像烈火一般射出耀眼的红光，它就是一品红。

当着北国严寒的日子，万花凋零，此花独盛，点缀着冰天雪地的整个冬季。一直等到春回人间，群芳争艳的时候，它才完成了任务，悄悄地离开了。

在"万花凋零"时，一品红能够独放异彩，直到"春回大地"，才与"群芳"揖别。而邓拓同志，却在"十年浩劫"初期，遽尔与万花一齐凋零，竟不及见百花再次齐放的光明灿烂的春天。哲人其萎，怅惘何似！

但是，邓拓同志的思想文采，从过去到现在，从春天到冬天，是永放光辉的。愿一品红也会有一天能够一年四季都"射出耀眼的红光"。

1981 年 1 月

山茶花开春未归

　　我认识山茶，跟玉兰一样，也是进高等小学堂读书那一天。就在玉兰树那个小天井东边，有一条面东的走廊，和一间所谓花厅，与东墙和南墙，围成一个方形的小庭院。东墙下一座小假山，丛生一些金丝桃，还矗立一株高高的黄杨树。南墙脚下一座花坛，一丛南天竹，果实鲜红，粒粒可数。走廊与花厅交角处，一株小山茶树，高与檐齐。单瓣花，娇小粉艳，娟秀俏丽，给这个翠绿幽静的庭院，增添了一缕活泼的生气。

　　山茶原产何地，已不可考。现在山东青岛崂山尚有野生植株，俗名耐冬。下清宫道观里有一大树，几可一人合抱。这种山茶，苏、浙、皖、闽等省栽培较多。四川也有栽培，所以过去称为蜀茶。日本也早有栽培，从日本回输到我国，在福建曾叫它作"洋种"。

　　云南栽培另一种山茶，特称南山茶，又叫滇茶，与蜀茶相对。树高可达10余米；叶片表面深绿色，无光泽，网状脉显著，叶缘锯齿细锐；子房密被短柔毛。蜀茶树形较小；叶片表面亮绿色，网状脉不显著，叶缘锯齿圆钝；子房无毛。

　　山茶的名称，最早见于唐代段成式的《酉阳杂俎》：

　　　　山茶叶如茶树，高丈余。花大盈寸，色如绯，十二月开。
　　　　山茶树似海石榴，出桂州，蜀地亦有。

山茶

有人认为段氏说的"海石榴"，是山茶的旧名，但没有确实的证据，暂不采用这一说法。

宋代，山茶极受重视，很多诗人都歌咏它：

> 山茶花开春未归，春归正值花盛时。苍然老树皆谁种，照耀万朵红相围。

（曾巩《山茶花》）

> 古殿山花丛百围，故国曾见色依依。……冰雪纷纭真性在，根株老大众园稀。

（苏辙《宛丘开元寺殿下，今二月中山茶开千余朵，因作诗奉寄》）

> 叶厚有棱犀甲健，花深少态鹤头丹。

（苏轼《和子由开元寺山茶旧无花今岁盛开》）

曾诗描写了一树繁花，艳丽灿烂的盛况，与苏辙诗相同，歌咏的对象都是老树。宛丘是现在河南的淮阳，它的西北，相距不远，就是著名的花乡鄢陵，现在鄢陵山茶已不能露地越冬，淮阳大概不会再有山茶老树，这是古今气候不同的缘故。至于苏轼的那两句诗，则是描写山茶花叶形态的名句。

山茶花期长，品种不同，前后连续，大抵从 11 月到翌年 4~5 月，可有半年之久。南宋大诗人陆游有两首诗都赞颂了这一耐久的特性：

> 东园三日雨兼风，桃李飘零扫地空。惟有小茶偏耐久，绿丛又放数枝红。

（《山茶一树自冬至清明后着花不已》）

> 雪里开花到春晚，世间耐久孰如君。

（《山茶》）

在宋代的咏物诗里，可以见到一些山茶品种的名称：

> 浅为玉茗深都胜，大白山茶小海红。名誉漫多朋援少，年年身在雪霜中。

（陶弼《山茶》）

这首诗举出山茶的四个品种名，色有红白，形有大小的区别。

> 山茶本晚出，旧不闻图经。花深嫌少态，曾入苏公评。迩来亦变怪，纷然著名称。黄香开最早，与菊为辈朋。粉红更妖娆，玉环带春酲，伟哉红百叶，花重枝不胜。尤爱南山茶，花开一尺盈。月丹又其亚，不减红带鞓。吐丝心抽须，锯齿叶剪稜。白茶亦数品，玉磬尤晶明。桃叶何处来？派别疑武陵。愈出愈奇怪，一见一叹惊。

（徐致中《山茶》）

这首诗里，黄香、粉红、红百叶、月丹、吐丝、锯齿、玉磬、桃叶 8 个名称，可确定是品种名。分析一下，计黄色 1 种，红色 3 种，白色 1 种，花蕊特长露出花心 1 种，叶形较狭 1 种。至如"玉环"可理解为用杨贵妃的醉态来形容粉红这个品种的妖娆，也可理解为是一个品种名。"红带鞓"可作同样的解释。

近千年前就有的这种黄香山茶，《本草纲目》引《格古论》只说："或云亦有黄色者。"《群芳谱》也说："或云亦有黄者。"都只记录传闻，并未见到实物。王世懋《学圃杂疏》说："黄山茶、白山茶、红白茶梅皆九月开，二山茶花大而多韵，亦茶中之贵品。"以其名贵，

·189·

所以见者不多。近年来在广西发现了野生种，国内外正在兴起培养金花茶的热潮，过不了多久，黄山茶当不再是稀有之物了。如果有人能够重新发现那种黄香山茶，那就更好。

明《景泰图经》最早记载云南栽培山茶的事迹，其次是《云南通志》：

> 有山茶一株，产于天王庙前，其花开于冬月，有粉红、大红、纯白三色相间。
>
> 云南茶花奇甲天下，明晋安谢肇淛（zhè）谓其品七十有二；豫章邓渼纪其十德，为诗百韵，赵璧作谱近百种，以深红、软枝、分心、卷瓣为上。

除了赵璧的《茶花谱》外，还有张志淳的《永昌二芳记》，上卷记茶花 36 种，中卷记杜鹃花 20 种，下卷记有关的故事和诗文。

这两部明代茶花谱，记载的大部分是滇茶。清代也有两部茶花谱，一是笔名朴静子在漳州做官时写的，自序题康熙己亥（1719）。上卷记花品 43 种，其中多日本"洋种"。中卷诗词；下卷讲种植方法。

还有江都李祖望道光二十六年（1846）撰的一部，大概没有刊行，只在他的《锲不舍斋文集》里留下一篇序文。书分两编：上编说明花名意义及其形状和色彩，下编依据时令讲解培养方法。

上述四部茶花谱，都已失传，现存旧式茶花谱只有方树梅 1930 年写的一本《云南茶花小志》，对旧传 72 种花名作了考证，并辑录有关的诗词歌赋。

1958 年出版的已故植物学家俞德浚著的《云南茶花图志》，是我国关于茶花的第一部科学著作。它叙述了滇茶的栽植历史，一般性状和繁殖、管理方法，又重点描述 20 个园艺品种的特性，附有彩图和检索表两种，便于识别各个品种。内容丰富，切于实用。

蜀茶品种较多，浙、闽、川三省都有近百种。与滇茶一样，品种分类，依据花瓣多少，可分单瓣、半重瓣和重瓣三类。依据花瓣形状，可分文武二类：花瓣平直，排列整齐的是文瓣，品种有宝珠、玛瑙、十八学士等。花瓣皱折，排列不整齐的是武瓣，品种有鹤顶红、黑牡丹、粉牡丹等。

浙江瑞安大罗山，有一株山茶（蜀茶）高 8 米余，胸围 1.5 米，树龄估计为 1200 年，远比昆明西山太华寺 500 岁的滇茶为长寿。

现在花农都采用短穗扦插的方法繁殖蜀茶，因而蜀茶苗木数量激增，这是好的。但各地园林仍然只注意盆栽，不重视露地栽植，使原本可以长成大树的山茶，盘屈于盆盎之中，未能畅遂生机，应是一件憾事。种几株，像苏州拙政园那样，建一座十八曼陀罗（山茶的别名）馆来欣赏它；种一株，使几百年、千余年后的子子孙孙尚能观赏，那该多好啊！

1986 年 12 月 1 日

菲岛指甲兰

蕾破黄金分外香

蜡梅原名黄梅，北宋王安国有《黄梅花》诗：

> 庾岭时开媚雪霜，梁园春色占中央。莫教莺过毛无色，已觉蜂归蜡有香。弄月似浮金屑水，飘风如舞曲尘场。何人剩着栽培力，太液池边想菊裳。

第一句点明梅字，其余各句，除第七句外，或暗喻，或比拟，全都说明一个黄字。第四句说"蜡有香"，蜡，黄色而有光泽，比单说黄更为逼真，看来黄梅应该改称蜡梅。

真正改称蜡梅，是从与王安国同一时代的苏轼和黄庭坚开始的。黄庭坚说："香气似梅，类女工捻蜡所成，京洛人因谓蜡梅。"原来蜡梅是当时开封、洛阳一带的俗名。以后就流行起来，代替了黄梅。南宋王十朋《蜡梅》诗：

> 蝶采花成蜡，还将蜡染花。一经坡谷眼，名字压群芳。

他就认为经过苏东坡和黄山谷的赏识，蜡梅花便引起人们的重视。至于说"压群芳"，那是过分夸张了，首句"蝶"字似应改为"蜂"字，蝶只会吸取花蜜，却不会酿蜜和分泌蜡汁。

有关蜡梅的诗词很多，一位不甚出名的作者吴永斋，采取林和靖诗意，把蜡梅与梅花对比，不直接描绘蜡梅的姿态，却令人想象出蜡梅的神韵。

　　惹得西湖处士疑，如何颜色到鹅儿？清香全与江梅似，只欠横斜照水枝。

元耶律楚材诗，有句"蕾破黄金分外香"，仅七个字，抓住蜡梅花色和香的特征，令人宛然看到一朵正在开放的蜡梅花。杨万里诗：

　　蜜蜂底物是生涯，花作糇粮蜡作家。岁晚略无花可采，却将香蜡吐成花。

这首诗构思巧妙，单讲一个蜡字，从蜡想到蜜蜂，又想到寒冬季节，花事寂寞，于是幻想出吐蜡成花。吐蜡成花与前王十朋说的"蜡染花"，都富有诗意。其实蜡梅严冬开花，与梅花一样，只能是"粉蝶如知合断魂"。但诗人由蜡想到蜂，由蜂又想到蝶，把蜂和蝶与蜡梅牵扯在一起，也很自然，虽然并非事实。

叫它黄梅也好，蜡梅也好，它却不是梅花。只因"清香全与江梅似"，而且花期相同，才被同称为"梅"。梅花是蔷薇科植物，蜡梅是与木兰科类缘相近的蜡梅科植物。梅花是乔木，蜡梅是灌木，高仅3~4米。叶对生，叶柄短，叶身狭卵形，先端尖，全缘，长15厘米左右，质薄而硬，叶面粗涩。

冬季先叶开花，正当农历的腊月（十二月），所以又叫腊梅。

花柄极短，花朵密接枝条，一般都微微向下，花径2厘米左右。花被多数，分三层排列：内层短小，暗紫色；中层大，蜡黄色，微透明而有光泽；外层极小，呈鳞片状。雄蕊5~6枚，药外向；雌蕊多数，生在壶状的花托内，子房一室，花托口缘还生有数枚不育雄蕊。花后，花托长大，生成长卵形的伪果，内含1~4个长椭圆形的瘦果。种子无胚乳，子叶叶片状而卷曲。

这是野生种的形态，用种子育成的植株，也是这样。特征是枝条细弱，根际多萌蘗；叶薄而尖狭；花朵稍小，花被长而尖，有似狗牙，所以俗称狗牙蜡梅，音转为狗蝇蜡梅，也美称为九英蜡梅。花芯紫色，香气较淡，有的就贬称它为"臭梅"，当然这样称呼它，是不甚恰当的。原产江苏、浙江、湖北、四川、陕西等地。繁殖可以分株、压条和播种；也可以扦插，但成活率低。这种蜡梅观赏价值不大，主要用作优良品种的砧木。

优良品种的特征是叶片卵形，大而光润。花被稍阔大；芳香浓烈，与臭梅相对，特称"香梅"。常见的有两个品种：

磬口蜡梅 花不全开，形似钟磬，故名。香气浓郁。花径2.5厘米左右，中层花被长约2厘米，淡黄色；内层花被长约1厘米，有红紫色边缘和条纹。

素心蜡梅 花稍大，花被全部淡黄色，盛开时花被微向后卷。

繁殖多用切接法：于清明前后，取叶芽尚未萌动的枝条中段，长6~7厘米，有1~2对叶芽的为接穗；以狗牙蜡梅为砧木，离地面3~6厘米处剪断，劈开，插入接穗，用绳缚紧，壅土遮住接穗。成活率可达80%~90%。

蜡梅在黄河以南可露地栽培，也可盆栽，并整形为盆景。狗牙蜡梅的分蘗逐年剪除，根颈部会形成疙瘩。掘起疙瘩，栽入盆内，经过几年养护，使疙瘩尽量露出土面，并接上香梅，便成为疙瘩梅盆景，奇特可观，河南鄢陵栽培的最为著名。

蜡梅也可供药用。《本草纲目》："花辛温无毒，主解暑生津。"含挥发油、蜡梅碱等成分，可提炼香精。民间用花蕾浸油，治疗烫伤。茎和根可作镇咳、止喘药。

1984 年 10 月

红豆之话

只因为王维这首"红豆生南国，春来发几枝？愿君多采撷，此物最相思"的《相思》诗，红豆在中国文学上一直成为常用的资料。旧文人不仅喜欢在作品里面使用"红豆"字眼，而且对于"红豆"实物也看作珍珠宝石一类的赏玩装饰之品。前几天偶然在图书馆里看到一本俞友清自费印刷的《红豆集》，恰好充分表现了这一类思想。本来在科学家的心目中，一草一木都可以作为研究的对象。像俞君这样爱好红豆，搜寻采访，数年如一日，未尝不是业余科学家的一种作风。但从这本《红豆集》的内容看来，俞君耗费的时间、精力和经济，未免多半是浪费的。这本书也有 200 页篇幅，还有铜版的"红豆标本"和"红豆树"的插图，但文字方面，除了各处红豆树的采访录、几则《红豆闲话》和通信录（包括中山大学农学院推广部和金陵大学农学院植物学系的信件）、一二篇序文和其他少数几篇短文外，大半都少科学价值。

按照这书的资料，稍加补充，很可以写成一篇比较有系统的文章或是一本小书。先把关于红豆的旧记载，依照年代先后，整理一下；再把现在已经知道的红豆，应用植物学的记载方法，把它们的形态和生态都记录下来；照片不够清晰，最好附以细致精确的线条图。几株有历史价值的红豆树，更应该鉴定它是哪一种红豆，用文字、照片和图画，详细记载下来。那就可以把目前知道的有关红豆的新旧知识，说得比较有条有理而且有点科学意义了。

据了解，关于红豆的旧记载，名称有相思子、红豆和海红豆等，树形有乔木和藤本两种，颜色有纯红和半红半黑的不同。由于说明简略，又有些混杂不清，应该分析整理，认清它们记载的究竟是哪一些植物。

晋干宝《搜神记》："大夫韩冯妻美，宋康王夺之。冯自杀，妻投台下死。王怒，令冢相望。宿昔有文梓木生二冢之端，根交于下，枝错其中。宋王哀之，因号其木曰相思树。"这是连理的梓树，李时珍已经给它说明了，所以这虽然是最早出现的以"相思"为名的树木，但与"红豆"无关。

梁任昉《述异记》："战国时，诸侯苦秦之难，有民从征，戍秦不返，其妻思之而卒。既葬，冢上生木，枝叶皆向夫所在而倾，因谓之相思木。"这只是一种枝叶偏向某一方向的树木，没有说明树名，但也不是红豆。

同时江淹有《相思子颂》："竦枝碧涧，卧根石林。日月断色，雾雨恒阴。绿秀八照，丹实四临。公子不至，山客徒寻。"这是"相思子"三字的首次记载，又说"丹实四临"，有点像是"红豆"了。

再后，唐陈藏器开始把它作为药物记载于《本草拾遗》中，说是："生岭南，树高丈余，子赤黑间者佳。"王维那首《相思》诗，系在《本草拾遗》之后；在王维之前，不知是否有人用过"红豆"字样。

还有多种记载，列举于次：

李珣《海药本草》："徐表《南州记》：'海红豆生南海人家园圃中，大树而生叶圆，有荚。近时蜀中种之亦成。'"按，徐表亦作徐衷，汉代人。"海红豆"这一名称，出现在"红豆"之前。

段公路《北户录》："相思子有蔓生者，与龙脑相宜，能令香不耗。"

《本草纲目》李时珍曰:"相思子生岭南,树高丈余,白色,其叶似槐,其花似皂荚,其荚似扁豆,其子大如小豆,半截红色,半截黑色,彼人以嵌首饰。"

又:"按《古诗话》云:'相思子圆而红。故老言:昔有人没于边,其妻思之,哭于树下而卒,因以名之。'"(按此说系脱胎于《述异记》)

又:"[海红豆]树高二三丈,叶似梨而圆。"(按此说系根据《南州记》)

陈淏子《秘传花经》:"红豆树出岭南,枝叶似槐,而材可作琵琶槽。秋间发花,一穗十蕊,累累下垂,其色妍如桃杏。结实似细皂角,来春三月则荚枯子老,内生小豆,鲜红坚实,永久不坏。市人取嵌骰子,或贮银囊,俗皆用以为吉利之物。"

此外,尚有方以智《物理小识》、屈大均《广东新语》的记载,因为手头无书,未能录出。

《古今图书集成·草木典》卷三〇九有《相思子图》,是一株小乔木,单叶,卵圆形,互生而略呈对生状。枝端生半黑的尖圆形的豆,每三四粒集成一簇。这图笔触幼稚,似不正确。吴其濬《植物名实图考》卷三五的《相思子图》,是灌木状的,羽状复叶,有长荚,每三四荚集成一束,与《古今图书集成》的图完全不同。

还有《古今图书集成》卷三一一的《海红豆图》,是一株乔木,羽状复叶,有圆形的荚(?)。《植物名实图考》卷三五的《海红豆图》,与《古今图书集成》的图完全相同,一定是临摹下来的。

以上已列举了关于红豆的几种旧的记载,应该分析归纳一下,考定它们是现在植物分类学上的一些什么植物。依据日本植物学者牧野富太郎的意见,《北户录》和《本草纲目》的相思子,以及《秘传花镜》的相思子，是指学名 *Abrus precatorius* L. 那一种植物。《植物学大辞典》第 700 页所载的相思子，就是根据这一说的。《本草拾遗》的记载和《植物名实图考》的图我认为也是指的这一种。这种植物，茎木质蔓生；羽状复叶，小叶长椭圆形，先端稍呈截形；蝶形花冠，淡红色；种子圆状椭圆形，朱红色，脐部黑色，或有白斑，质坚硬，每荚生 4~6 粒。原产印度，也见于南洋和我国台、粤等地。俞君书中说，药肆中的红豆半红半黑，便是这一种。

牧野又认为《本草纲目》的海红豆（按：似可包括《益部方物略记》的红豆），《物理小识》和《广东新语》的相思木和鸡翅木以及《秘传花镜》的红豆树，是指学名 *Adenthera pavonina* L. 那一种植物。在俞君书中，金陵大学称它为大红豆，中山大学称它为红豆。它是乔木，羽状复叶，小叶长椭圆形；花黄色，花冠整齐，与前一种花呈蝶形的不同；种子扁形，鲜红色，光滑而坚硬。产于印度、马来西亚、菲律宾和我国的广东等处。

江苏所产的红豆，在俞君书中已有金陵大学指明为戴氏红豆（*Ormosia taiana* Chiao），并把 *Ormosia* 属的特征详细说明了。而且指出这一属在国内记载的已有 12 种。中山大学则称这一属为大红豆，而指它的种名为 *O. mollis* Dunn，其实这个种名就是金陵大学所说的花梨木（*O. henryi* Prain），与江苏所产的红豆并非同种（参阅拙著《中国植物图鉴》1458 页）。以上述已知的红豆有 12 种，在李顺卿的《中国森林植物学》（英文本）记载着 9 种，3 种未载，戴氏红豆即居其一，大概因为它出产稀少，与森林无关的缘故[1]。俞君书

---

[1] 当时未知戴氏红豆还有一个学名是 *O. hosiei* Hemsl.et Wils.，如果李氏是用这个学名来记载的，那么这里便说得不够正确。可惜书已遗失，一时无法查核。又当时认为红豆都产于浙江以南区域，江苏产的一定是一个特殊种类；现知戴氏红豆也分布桂、鄂、川、陕等地，并非稀有种类。

对这种植物的茎叶花果都没有正确的记载，未免可惜。这种戴氏红豆及其他 11 种红豆，有哪几种是曾见于旧记载的，也可以探究一下，但不在这里作纸上空谈了。

总之，所谓红豆或相思子，包括豆科中 3 属不同的植物。其中两属在我国只各产 1 种，而 *Ormosis* 一属则在 10 种以上。这 3 属在分类系统上，位置相距甚远，但种子质地坚硬，色泽美丽，完全相同，所以古人就把它们混淆在一起了。还有一个共同点，就是它们都生长在热带和亚热带的温暖地区，像戴氏红豆这样生长到江苏江阴，已接近北纬 32 度，是难得的。江阴的红豆树宜采取天然纪念物的办法加以保护，这样的保护，与俞君那样作为珍玩的意义，并不完全相同。

1937 年 3 月，1986 年 1 月修改

台湾相思不是红豆

报上有一篇文章写到相思树，引用王维和韩偓诗句，认为这种叫台湾相思的相思树，便是红豆树，便是相思子，描写它为"子似丹心，花串像妻生前所戴的花簪。""去台湾的人纷纷采集红豆，带回故土，广为种植。"所说丹心、红豆、花串等词，未免纯属想象，不符实情。相思树的名称来源于台湾，俗名"相思仔"，"仔""子"两字可以通用，但相思仔不是真正的相思子，也不是红豆和红豆树。

红豆树属于蝶形花科，相思树属于含羞草科。相思树的种子深褐色，并非"丹心"，当然不能叫它作"红豆"；花为头状花序，单生于叶腋，跟含羞草一样，呈小球状，所以也不能说它是"花串"。所谓"叶如妻眉"的叶，其实是叶柄的变形物，并不是真正的叶片。

相思子一名，最早见于唐朝孙思邈《千金要方》记载的一个瘴疟寒热方："相思子十四枚，水研服，取吐立瘥。"王维诗说："红豆生南国……此物最相思。"于是相思子和红豆便联系在一起了。

李时珍《本草纲目》著录"相思子"于"释名"项下，有"红豆"一名，意思就是相思子便是红豆。他引用《古今诗话》记载的一个传说，说明相思子命名的由来："相思子圆而红。故老言：昔有人殁于边，其妻思之，哭于树下而卒，因以名之。"台湾相思也有一个传说，说是有一人家，丈夫出海远行，久久不归。妻子日夜思念，时常去海边盼望丈夫回家，后来终于抱恨而死。丈夫原来在台湾，得到不幸的消息，深感哀痛。便携带一株台湾的相思树，回来祭奠妻子，把树种在墓前，寄托相思之情。这两个传说有几点不同：一是妻哭夫，一是夫祭妻。妻哭夫，妻死于树下，因而名树为相思子；夫祭妻，夫栽树以作纪念，而这树原本就叫相思树。

李时珍又说："相思子生岭南。树高丈余，白色。其叶似槐，其花似皂荚，其荚似扁豆。其子大如小豆，半截红色，半截黑色。彼人以嵌首饰。段公路《北户录》言有蔓生。"这个说明不甚明确，把蔓生的半红半黑的相思子（红豆）误作乔木型的相思子（红豆）了。

现在药铺出售的相思子是半红半黑的那一种，是相思藤的种子。相思藤羽状复叶；花小，淡紫色，不甚显眼。荚长椭圆形，稍膨胀，干燥时自行裂开，散落种子。产于台湾、广东、广西、云南四省（区）。这种相思子可外用治皮肤病，但有毒，不可内服。《本草纲目》记载："气味苦，平，有小毒，吐人。"根可作凉茶的配料。

乔木型的红豆树，种类较多，我国大约有 35 种。贵重木材花梨木也是一种红豆树。红豆（相思子）质坚，深红橙色，有光泽。形状大小与荚的形状大小有关：有的荚形如扁豆，内含数粒种子；大的如刀豆，小的如小豆。少数种类荚扁平而小，仅含一粒小而扁圆形的种子。镶嵌首饰以一种扁圆而呈鸡心形的最为常用，1940 年在桂林见到过这种红豆，据说产于柳州，未知其他地方是否也有。

总之，台湾相思并非红豆，虽然也叫"相思树"或"相思仔"，但不是又叫"红豆"的"相思子"。同有"相思"之名，却不是同一类植物，更不是同一种植物。

1986 年 4 月

图书在版编目（CIP）数据

花与文学 / 贾祖璋著. — 北京：中国国际广播出版社，2017.1
（2020.7重印）
（科普大师经典馆. 贾祖璋）
ISBN 978-7-5078-3911-1

Ⅰ. ①花… Ⅱ. ①贾… Ⅲ. ①科学小品－作品集－中国－当代
Ⅳ. ①I267.3

中国版本图书馆CIP数据核字（2016）第263879号

花与文学

著　　者	贾祖璋	
策　　划	张娟平	
责任编辑	笑学婧　孙兴冉	
版式设计	国广设计室	
责任校对	徐秀英	

出版发行	中国国际广播出版社 [010-83139469　010-83139489（传真）]	
社　　址	北京市西城区天宁寺前街2号北院A座一层	
	邮编：100055	
网　　址	www.chirp.com.cn	
经　　销	新华书店	
印　　刷	日照教科印刷有限公司	

开　　本	880×1230　1/32	
字　　数	70千字	
印　　张	6.75	
版　　次	2017 年 1 月　北京第一版	
印　　次	2020 年 7 月　第二次印刷	
定　　价	38.00元	

CRI
中国国际广播出版社
欢迎关注本社新浪官方微博
官方网站 www.chirp.cn

版权所有
盗版必究